Der Köder

ROSEMARY TONKS

Der Köder

Roman

Aus dem Englischen von Eva Bonné

Mit einem Nachwort von Neil Astley

MÄRZ

1

»Hallo?!«

Fritz betritt den abgedunkelten Flur und macht sich schüchtern bemerkbar. Eigentlich gilt das »Hallo« nur ihm selbst, denn obwohl ich zu Hause bin, lasse ich mir mit der Antwort eine gute halbe Minute Zeit: »Ja! Komme gleich runter!« Die Sache ist nämlich die: Es ist erst Viertel nach zwei am Nachmittag, aber ich liege auf dem Bett und spüre meine Müdigkeit wie einen Vollrausch. Alles dreht sich, und ich versinke in immer neuen Schichten einer grenzenlosen Erschöpfung. Wenn ich lange genug stillhalte, kann ich bis zum Grund vordringen, zum Meeresboden. Aber kaum, dass ich mich unter Kissen und Gedanken vergraben und in der Stockfinsternis ausgestreckt habe, ruft jemand mit deutschem Akzent: »Hallo?!« Da gönne ich mir doch *aus Prinzip* eine weitere halbe Minute in Dunkelheit und Vergessen, bevor ich an die Oberfläche zurückkehre. Sobald ich oben angekommen bin, antworte ich mit souveräner Stimme, die perlt wie Asti Spumante: »Schon gut! Ich komme!«

Denn eins weiß ich genau: Wenn ich nicht reagiere, wird er dort unten stehen bleiben. Er wird den Kopf neigen, in die Stille lauschen und sich auf Überraschungen in Gestalt von Menschen oder Gegenständen gefasst machen. Manchmal schnüffelt er herum und findet heraus, was ich getrieben habe. Riecht die Luft trocken und holzig, denkt er: »Oh, sie hat gearbeitet. Wir müssen einen Krankenwagen rufen.« Beim schwächsten Hauch von Parfum – ich besitze einen Duft in einem kleinen, hellbraunen Flakon, der auf der Haut keine zwanzig Minuten überdauert, sich in meinem Mantel an der Garderobe aber bis zu zwei Tage hält – denkt er: »Eine Party! Ich bin leider nur ein armer Student, aber die anderen gehen aus und kriegen Sex, das volle Leben und der Himmel weiß was …« Ganz selten riecht es nach Möbelpolitur, in dem Fall spielt Fritz den Gekränkten: »Wollen Sie mir den Job wegnehmen? Das ist nicht gut. Sie nehmen meine Arbeit, so sieht's aus.« Nie kann ich es ihm recht machen, außerdem findet er alles, was ich tue, schändlich und faszinierend. Seine Meinung zum Thema Frauen steht fest, bei ihm kommen sie gar nicht gut weg: »Das gibt Verdresche.« Aber eigentlich ist er nett, geduldig, unvoreingenommen und herzensgut.

Heute riecht es nach Politur. Den Grund wird Fritz allerdings nie erraten, und ich könnte ihm die Sache nicht erklären, ohne vor Lachen zu platzen. Ja, ich habe den kleinen afrikanischen Hocker im Wohnzimmer poliert, das aber nicht, weil ich meine Möbel gewissenhaft pflegen würde; genau genommen habe ich auch nur die Sitzfläche behandelt. Es musste sein, weil auf dem Sofa ein riesiger Mann mit weit von sich gestreckten Beinen saß. Der riesige, zahme, exotische Mann las ein Buch, als warte er in einer Flughafenlounge, und er schenkte mir so wenig Beachtung, als wäre ich eine Hilfskraft in einer bunten, pyjamaähnlichen Kunstfaseruniform, die Kaffee serviert und mit einem Fensterleder das Marmorimitat abwischt. Nicht bloß, dass dieser faule, selbstgefällige Kugelfisch mich ignoriert hat – er hat gestunken! Ja, und wie! Ich persönlich kann ihn schon von der Küchentür aus riechen. Ich möchte ihn nicht in Schutz nehmen, aber ich sehe ein, dass ein Mensch seiner Größe zum Waschen viel Zeit braucht, außerdem ist er oft auf Reisen und beruflich sehr eingespannt (er ist Sänger, ein Bariton). Trotzdem finde ich ihn rücksichtslos, und er bringt mich auf die Palme wie kein Mann zuvor. Manchmal steht er mit einem Gastgeschenk vor der Tür (was mich umso wütender macht), oder er folgt mir durch die Zimmer und bietet mir seine »Hilfe« an. Vor allem mit Bettenmachen kennt er sich anscheinend gut aus. Ich habe ihn noch nie *eilen* sehen, außer ins Schlafzimmer. Ich beziehe ein Bett für ihn, weil er hin und wieder bei uns übernachtet. Bevor er das Gästezimmer betritt, ist es einfach nur ein schlichtes, für Gäste bestimmtes Zimmer. Aber dann plötzlich – Achtung! – ist es ein Boudoir, eine gefährliche Falle, die vierte Etage eines Lissabonner

Bordells; es ist das erste Treffen von Madame de Pompadour und Louis XV. in der ungelüfteten Höhle des Lüstlings (dieses ungestüme bourbonische Temperament usw.), damals, als die Affäre noch stillos und chaotisch war.

Besagter Mann steht also neben dem Bett, in den Händen seine Reisetasche und den nassen Regenschirm, während ich die Laken glattstreiche und ihn insgeheim beschimpfe. Manchmal überkommt mich eine teuflische Energie, und dann verspüre ich den Wunsch, ihn samt Reisetasche, Regenschirm, Buch, Stimme und Ego aus dem Fenster zu schubsen. Er spürt das, doch statt vor meiner Boshaftigkeit zurückzuschrecken, lächelt er unbeirrt weiter. Er suhlt sich darin, und der Raum wird mehr denn je zu einem Schlafzimmer.

Die Möbelpolitur war nur eine weitere Boshaftigkeit, die meinem Selbsterhalt dienen sollte. (Er bringt meine schlechtesten Charakterzüge hervor, ich winde mich vor Entsetzen angesichts meines eigenen, immer unglaublicheren Verhaltens.) Ich bin in die Küche gelaufen und habe die kleine Dose gesucht, die sich durch eine dieser altmodischen, am Rand angebrachten Flügelschrauben öffnen lässt. Das Politurwachs ist blasslila, glitschig und parfümiert. Es riecht so angenehm wie frisches, weißes Harz, das aus einem Gummibaum tröpfelt. Anschließend habe ich mir einen Putzlappen geschnappt, und dergestalt bewaffnet war ich endlich bereit für ihn. Er saß immer noch im Wohnzimmer (er hat so eine Art, mich reglos aus den Augenwinkeln zu beobachten), der Hocker war unter dem Gewicht seiner Füße in Schräglage geraten. Am seltsamsten finde ich, dass nichts ihn überraschen kann. Jeder andere Mensch würde doch ein starkes Unbehagen verspüren, wenn die Gastgeberin abends um halb sieben hereinkommt, sich hinkniet und anfängt, verbissen einen Hocker zu polieren? Sein einziges Zugeständnis war ein flüchtiger Blick in meine Richtung, und dann hat er seelenruhig weitergelesen, ganz so, als wäre es das Normalste von der Welt, dass ich niedere Hausarbeiten verrichte, während er seinen Bariton auf dem Sofa ausruht. Sie sehen also, zu welcher Sorte Mann er gehört. Immerhin roch das Zimmer danach viel besser, und ich hatte mich auf vornehme Weise gerächt. Ich weiß, was Maler empfinden, die in einem gewissen Tonfall über ihre »Modelle« sprechen; immer ist da diese Abneigung gegen die Modell sitzende Person, dieser angestaute Groll.

Aber die Sache mit dem exotischen Mann, der nach Fisch riecht und dessen Präsenz mit Möbelpolitur getilgt werden muss, kann ich Fritz unmöglich erklären. Und exotisch ist er in der Tat, trotz allem. Aus seiner Brusttasche ragt ein rotes Seidentuch mit grünen Punkten, der Knoten der passenden Seidenkrawatte hängt leicht nach links verrutscht unter dem Kragen. Der oberste Hemdknopf fehlt (oder wurde abgerissen), deshalb kann man sehen, wie der Hals in die breite, weiße Marmorplatte von Brust übergeht. (Wie sie so weiß bleibt, ist mir ein Rätsel.) Sein Hals ist nicht unattraktiv und beherbergt seinen größten Schatz, die wahre Ursache seines arroganten Auftretens: seine Singstimme. Ehrlich gesagt habe ich sie nie gehört, denn schon beim kleinsten Geräusch aus seiner Kehle, und sei es nur ein Brummen wie von einem Auspuff, erstarre ich am ganzen Leib. Er hat es bemerkt und hält sich ausnahmsweise zurück. Wahrscheinlich wäre er in der Lage, zu dröhnen wie eine Orgelpfeife, und wenn er im Wohnzimmer das tiefe C anstimmen würde, wäre die Klaustrophobie für mich nicht auszuhalten. Mir reicht seine Art zu lesen, zu sitzen und mich aus den Augenwinkeln zu beobachten.

Fritz sagt:

»Sie haben poliert und gearbeitet, so sieht's aus.«

»Sei nicht albern. Ich habe dir das Gästeklo im Erdgeschoss übriggelassen, da hast du etwas, worauf du dich freuen kannst. Erzähl mir bloß nicht, ich wäre nicht großzügig. Übrigens, wie geht es dir?«

»Oh, ganz gut. In der Schule« – er meint seine Sprachenschule – »nehmen wir gerade *Othello* durch. Ich soll etwas über seine Frau schreiben, Sie wissen schon, Des …«

»Desdemona. Gar nicht so leicht, in einer Fremdsprache.«

»Man soll schreiben, was für eine Frau diese Desdemona ist, denn sie ist gar nicht gut.«

»Ach, Fritz, nicht schon wieder! Mach bitte nicht alle Frauen schlecht, bloß weil du *eine* unglückliche Affäre hinter dir hast.«

»Darum geht es nicht. Ich sage es Ihnen, ich habe sie durchschaut. Diese Frauen sind Tiere! Neulich abends war ich mit einem Mädchen zusammen, und sie redet und redet« – sein Gesicht verfinstert sich, er reckt den hammerförmigen Staubsaugerkopf in die Höhe – »und ich habe gefragt: ›Warum nicht?‹ Aber sie wollte nicht, wissen Sie. Sie sieht mich nur an und sagt: ›Nein.‹«

»Und warum auch nicht, um Gottes Willen.«

»Weil sie geredet und geredet hat, darum. Sie redet, und dann ist es zu spät, und dann will sie aufhören.«

»Ja, aber warum hörst *du* nicht auf, Fritz?«

»Weil der Mann der Jäger ist, darum. Die Frau weiß Bescheid, sie weiß, wann es Zeit zum Aufhören ist.«

»Wie bitte? Du willst mir erzählen, ein junges, unerfahrenes Mädchen von siebzehn Jahren würde sich besser auskennen als du, der große Fritz, der erfahrene Verführer?«

Er fängt an zu lachen. Sein Lachen ist arglos und ansteckend. Er ist erst zweiundzwanzig, in dem Alter findet man alles mehr oder weniger lustig, aber sobald es um Frauen, Religion oder Politik geht, setzt er seine finstere Miene auf. Er ahnt nicht, dass er einer der anständigsten und rücksichtsvollsten Menschen ist, die ich je kennengelernt habe. Er ist immer noch fest entschlossen, sich wegen des Mädchens, das nicht aufhören wollte, zu rechtfertigen.

»Sie *wissen* es«, wiederholt er so eifrig wie ein heimlicher Bibelleser auf der Flucht vor der Psychoanalyse. »Sie kommen mit dem Wissen auf die Welt.«

»Ach, Fritz! So etwas Egoistisches habe ich noch nie gehört. Deine Moralvorstellungen hast du wohl von der Straße aufgelesen, und sie scheinen dir gut zu gefallen. Aber jetzt ist Schluss damit. Sie stehen dir nicht. Du sollst nicht wider deine Natur reden, das passt nicht zu dir. Hör mal, wenn du doch so ein harter Kerl bist – warum bringst du nicht ein paar Läufer nach draußen und klopfst sie aus?«

Er willigt ein. Wir schleppen die weichen, verstaubten Perserteppiche auf den kleinen Rasen hinter dem Haus, und kurze Zeit später steigen bernsteingelbe Schwaden im Sonnenlicht auf. Fritz bevorzugt konkrete Arbeitsaufträge. Er nimmt meine Anweisungen entgegen wie ein Frontoffizier, klemmt sich seine Pfeife zwischen die Zähne und erfüllt alle Missionen wortgetreu. Andererseits lässt er manche Möbelstücke mitten im Zimmer stehen, weil sie, sobald er sie geputzt hat, für ihn nicht mehr existieren und er mit der Gestaltung eines ganzen Raumes überfordert wäre. Also muss ich die schweren Sessel eigenhändig an ihren alten Platz wuchten, Vasen verrücken und Läufer zurück in ihre Senken schieben. Aber das ist immer noch besser, als sich jemanden ins Haus zu holen, der alles nach Gutdünken umdekoriert und den

Eindruck hinterlässt, die komplette Einrichtung wäre gegen den Strich gebürstet worden.

Heute Nachmittag gehe ich nicht ins Studio. Eigentlich müsste ich ein paar Aufnahmen für morgen vorbereiten, aber ehrlich gesagt werde ich gar nichts tun. Ich werde mit Fritz Tee trinken und über Kommunismus – die gute Idee, aus der nichts wurde – diskutieren. Danach schiebt er den Staubsauger durch den Flur im Obergeschoss. Das Gerät schabt über den Holzboden rechts und links des Läufers und heult in den Ecken laut auf. Als ich es nicht mehr aushalte, gehe ich hoch, bleibe auf halber Treppe stehen, verziehe das Gesicht und gestikuliere übertrieben: »Fritz, ich *bitte* dich.«

Weil er einen solchen Lärm macht, hat er mich nicht heraufkommen hören, und jetzt erschrickt er und legt sich eine Hand aufs Herz (an die falsche Stelle).

»Meintamotter« – so hört es sich zumindest an – »ich muss hier fertig werden!«

Ich schwöre mir, mich künftig an Frauen und vom Kommunismus fernzuhalten; zu schade, dass ich das immer wieder vergesse, nachlässig werde und am Ende doch Interesse entwickle.

Also gut. Wenn er politische Streitgespräche mit dem Staubsauger gewinnen will, werde ich eben ein paar Fitnessübungen machen. Das Tonbandgerät steht unter dem Lichtschalter am Boden, genau dort, wo der Lieferant es abgestellt hat. Vermutlich könnte ich es in einem Schrank verschwinden oder in ein Mahagoniregal einbauen lassen, aber darüber würde mir mein Leben entgleiten. Gekonnt spiele ich daran herum, schalte es mit dem Fuß ein und aus und stelle mir vor, ich wäre ein Affe. Brahms eignet sich gut für Sport, es sei denn, man ist verliebt. Wer verliebt ist, würde schon bei der ersten Kniebeuge in Ohnmacht fallen. Bei Beethoven geht es zu viel auf und ab; die Musik ist zu schräg und zu spannend, was bedeutet, dass man sich den Rücken zerren und wahnwitzige Pläne schmieden würde, die anschließend stundenlang das Gehirn lähmen. Mozart ist ideal, ebenso elegant wie besonnen, und nie treibt er es zu weit, nur manchmal, wenn er einen mit der Fingerspitze über die Abgrundkante stupst, aber in dem Fall wird man sofort wieder aufgefangen. Es ist, als trainierte man in einem Uhrgehäuse oder in einem Klavier.

Puh! Mir wird warm, mein Herz hämmert, doch kaum, dass ich abgeschlossen und mich ausgezogen habe, klingelt es an der Haustür. Fritz hat sich der Musik geschlagen gegeben, der Staubsauger ist verstummt, aber jetzt schaltet er ihn sofort wieder ein. Ist er nicht wirklich unerträglich? (Nie wieder werde ich in diesem Hause Marx erwähnen.) Ich ziehe mir etwas über: ein dauerhaft zerknittertes Aertex-Shirt und eine Denimhose, die aussieht, als wäre sie für die chinesische Handelsmarine geschneidert worden. Modisch gekleidet, zumindest von der Taille abwärts, öffne ich die Tür.

Davor steht mein guter Freund Claudio. Er wollte nur kurz vorbeischauen, angelockt vom Lärm, vom Lachen zweier Menschen, von Sonnenschein, Intrigen und derben Scherzen; von allem, was nach Spaß riecht und eine Gelegenheit bietet, mit beiden Füßen vom Boden abzuheben, zu schweben und herzlich über den Unbill des Lebens zu lachen. Ich habe nie herausfinden können, ob er einen guten oder einen schlechten Einfluss auf mich hat, aber dafür ist es ohnehin zu spät, weil ich mittlerweile an ihm hänge. Er ist um die Sechzig und hat dunkelrote, von wolligen, hellgrauen Koteletten gerahmte Wangen. Er besitzt Immobilien, weiß alles und erzählt mir hin und wieder eine Halbwahrheit über mich selbst. Ihn zum Verbündeten zu haben ist anstrengend, denn er spielt die Rolle so überzeugend, dass man irgendwann dazwischengehen und ihm in aller Strenge sagen muss, dass es vorbei ist. In der Hinsicht ähnelt er Fritz, außer dass er Frauen liebt und ihnen keine »Verdresche« androhen, sondern sanft übers Haar streichen will. Aber vielleicht war das auch nur so dahingesagt. Vielleicht werde ich nie erfahren, ob er jemals geliebt hat (was er ständig behauptet), oder ob er, falls die Antwort ja lautet, tatsächlich der erfahrene, einfallsreiche, spontane und geniale Liebhaber ist, für den er sich ausgibt. Manchmal habe ich da meine Zweifel; ich könnte mir vorstellen, dass er viel Zeit mit Glotzen und dummen Grimassen verplempert. Doch heute ist er ein Napoleon. Er hat sich die rechte Hand unter das linke Frackrevers geschoben und hält anscheinend nach der französischen Armee Ausschau. (Dass er Fritz ähnelt, sagte ich ja bereits.)

Ich reiße die Tür auf und strahle ihn an. Er stutzt über die freudige Begrüßung, tritt aber sofort ein. Als er merkt, dass ich barfuß und außer Atem bin, wird er argwöhnisch.

»Was geht hier vor? Um Himmels willen, was treibt sie nun schon wieder?«

Jetzt sucht er den Flur nach Hinweisen auf Männerbesuch ab. Fritz' Jacke hängt im Schrank versteckt, aber mein süßlich verzerrtes Lächeln sollte ihm auch so vermitteln, dass er danebenliegt.

»Claudi, ich bin absolut verzweifelt.«

»Wirklich, Liebes?«

Er lässt die Augen leicht wässrig werden, damit sein Blick verschwommen und gleichgültig wirkt, mit anderen Worten offen für Vertraulichkeiten. (»Wenn ich mich zu plump anstelle, bekomme ich kein Wort aus ihr heraus.«)

»Ja, *siehst* du das nicht?«

Oben lässt Fritz den Staubsaugerkopf fallen. Claudi blickt zur Deckenleiste empor und wartet geduldig. Als nichts weiter passiert, geht er das Risiko ein, das nächste Geräusch zu verpassen, und flötet:

»Was ist denn, Liebes?«

»*Das Ding* will wieder hier übernachten. Ich drehe noch durch!«

»Wer?«

»Der Kugelfisch. Die dunkle Gewitterwolke. Erinnerst du dich nicht? Ich habe die Haustür geöffnet und konnte nichts mehr sehen, weil er den Rahmen komplett ausgefüllt hat! Und Claudi« – jetzt rege ich mich wirklich auf – »wenn du nur hören könntest, wie er am Telefon *Ähhh* macht! Glaub mir, es würde dich in den absoluten Wahnsinn treiben. Man fragt etwas und muss zehn Minuten auf eine Antwort warten, und dann hebt er den Kopf und macht *Ähhh*. Unerträglich!« Claudi versteht sofort und beißt sich mitfühlend auf die Unterlippe. »Ja, das ist wirklich schrecklich.«

»Er schleicht auf Socken durchs Haus, um mich nicht zu stören, und weckt mich damit erst recht. Und dann muss ich um sieben Uhr aufstehen und die Alleinunterhalterin spielen, falls du weißt, was ich meine. Letztes Mal habe ich ihm einen Zettel unter der Tür durchgeschoben und ihm *verboten*, vor neun aus dem Zimmer zu kommen.«

»Und?«

»Er war furchtbar leise. Zwei Monate später hat er mir dann erzählt, er habe eine Privatstunde bei einem berühmten Meistersänger verpasst, für die er eigens angereist war.«

»Wie böse von dir, Min!«

»Ist es meine Schuld, wenn dieses hinterlistige Ungetüm unbedingt singen muss?«

»Nein, Liebes, aber du hast doch George. Er könnte dir helfen. Ihr müsst euch irgendetwas überlegen, damit der Kerl nicht wiederkommt.«

George ist der Mann, mit dem ich verheiratet bin. Alle, die ihn kennen, lieben ihn, außerdem ist er meistens auf dem Weg ins Britische Museum oder er kehrt gerade von dort zurück. Er bezahlt die Rechnungen und hat mich von Herzen gern, doch außerhalb unseres Hauses führt er, wie ich vermute, ein Doppel- oder Dreifachleben. Im Museum fungiert er ganz offiziell als Hüter der ungedruckten Bücher. Er und der Kugelfisch haben sich beim letzten Mal ziemlich gut verstanden, sie haben spätabends bei Hine-Cognac im Wohnzimmer gesessen und laut gelacht.

George neigt manchmal selbst zu einem *Ähh*, doch seins ist nicht annähernd so hochentwickelt wie das des Kugelfischs; er besitzt nicht den Kehlkopf dafür und knöpft sich das Hemd immer bis obenhin zu. Ich bin mir sehr sicher, dass er mir in diesem Fall weder beistehen kann noch will. Außerdem ist der Kugelfisch *mein* Kugelfisch – ja, *das* ist mein Geheimnis! Der Mann gehört mir, folglich habe ich allein das Recht, ihn zu beschimpfen. Es ist meine Aufgabe, ihn leiden zu lassen, und obwohl ich bereit bin, mich mit Claudi zu verbünden, werde ich zu George kein Wort sagen. Ich weiß ganz genau, was ich will.

Unterdessen probiert Claudi im Wohnzimmer einige Posen aus. Er setzt sich und arrangiert seine Knie. Er steht wieder auf, geht ein paar Schritte und rückt sich die Krawatte zurecht. Der Frack, natürlich! Fast hatte ich es vergessen.

»Du siehst heute wirklich sehr schick aus. Kommst du endlich unter die Haube?«

»Nein, Liebes. Ich trage meine alte Richterhose und die alte Richterkrawatte.«

»Und dein Kopf sieht heute auch sehr gut aus. Ein wirklich schöner, alter Richterkopf.«

»Danke, Liebes.« Claudi übertreibt es mit dem »Liebes«, aber immerhin lässt er es jedes Mal erfrischend anders klingen: abfällig, tolerant, bedrohlich.

Nun, da ich ihm ein halbes Kompliment gemacht habe, kann ich ihn um einen Gefallen bitten.

»Übrigens. Findest du mich attraktiv?«

»Ja, ich war immer der Meinung, dass du eine sehr attraktive Frau bist.« Seine Zunge stolpert über das Wort wie über ein Möbelstück: at-trak-tiv.

»Hm. Dass du ›der Meinung warst‹, gefällt mir nicht. Warum sprichst du in der Vergangenheit? Vielleicht kannst du dich künftig ein bisschen anschaulicher ausdrücken. Und bitte, lass das.« Claudi zeigt immer wieder an die Decke, über der es unablässig dröhnt. »Du hast Dreck unter den Nägeln. Du willst doch nicht etwa deine dreckigen Krallen in die Braut schlagen?«

»Ich kann nichts dafür! Ich gärtnere, meine Hände sauber zu halten ist absolut unmöglich. Nein, ich werde mich von der Braut fernhalten. Ich verspüre kein Verlangen, mich ihr zu nähern.« Er wendet sich ab, wie um eine liebestolle Braut abzuwehren. »Ach, habe ich dir eigentlich die Geschichte von dem kleinen Jungen erzählt, der einmal mitten im Gottesdienst mit durchdringender, glockenheller Stimme gefragt hat: ›Mami, wann schenkt er ihr den Samen?‹«

»Für meinen Geschmack wird derzeit viel zu viel Samen verschenkt. Was nur an den unausgegorenen Penguin-Büchern über Freud liegt.«

»Oho! Die kleine Puritanerin hat gesprochen. Während da oben sonst was vor sich geht! Ja, schon gut, wir nehmen einen Samen von jedem Lebemann. George Brown soll ihn segnen, und Barbara Castle setzt ihn ein.«

Er fängt an, durchs Wohnzimmer zu tänzeln. Ganz schön mitreißend, das muss ich zugeben. Ich rufe:

»Und nicht vergessen, für die Chemie brauchen wir einen Bunsenbrenner!«

»Na, so was. Jetzt will sie auch noch einen Bunsenbrenner!«

Plötzlich verstummt er so abrupt, als hätte jemand in seinem Kopf die Rollläden heruntergelassen.

»Und wie komme ich jetzt zur Cadogan Street?«

»Warte, ich schaue nach.« Schon blättere ich im Straßenverzeichnis mit der winzig kleinen Schrift. Seite dreiundsechzig, meine Londoner Lieblingsgegend, ist voller gelblicher Flecken und kurz davor, aus dem Buch herauszufallen. »Da ist sie ja. Du nimmst die Sloane Street und biegst dann rechts ab.«

»Ach ja, da gibt's eine kleine Grünfläche, und dahinter geht es nach rechts. Aber wo soll ich parken?« Wieder ist er so todtraurig, als müsste er eine Kröte schlucken.

»Kopf hoch! Schließlich ist es keine Hinrichtung. Spätestens beim Sektempfang wirst du betrunken sein und eine nette Frau in Weiß und Rosa kennenlernen, das weißt du doch selbst.«

»Nein, werde ich nicht. Die Frauen dort sind alle so alt wie ich. Ich werde an irgendeiner kleinen, alten Frau hängenbleiben. O je. Bei Gott, manchmal wünsche ich mir wirklich, es gäbe einen schnellen Ausweg.« (Er spricht vom Leben.) »Meine Freunde liegen im Sterben, oder sie sind so langweilig geworden, dass ich nicht mehr mit ihnen reden kann.«

»Armer Claudi. Wie wäre es mit Tee im Ritz, im September?«

»Du bist ein Schatz! Eine gute Idee! Ich will seit Jahren da hin. Wusstest du, dass ich bis heute in keinem einzigen der großen Hotels war? Weder im Dorchester noch im Savoy oder im Claridge's. Und es ist mir verdammt egal.«

»Aber das Ritz ist wunderbar. So proustisch.«

2

In einem der düsteren, braunen Flure vor dem Tonstudio treffe ich einen Bekannten. Er ist Musiker, und im Vorbeigehen tauschen wir Sätze aus, wie sie heutzutage Bemerkungen über das Wetter ersetzen:

»Hallo, Ron. Wie geht's?«

»Ach, ich bin so sexuell frustriert wie immer.«

Im Studio tut sich nichts. Die Wände sind lückenlos mit Maschinen zugestellt, davor stehen weitere, bewegliche Maschinen auf Rollen. Das Licht ist so hell, dass die Leute nicht einmal mehr hässlich erscheinen. Alle sehen einfach so aus wie sie selbst. Fred beugt sich nachdenklich über einen kleinen Zettel, Jenny sitzt vor einer Instrumententafel voller Schalter und Knöpfe. Heute ist sie extrem zurechtgemacht: enger, sexy Pullover in Grün, eleganter brauner Lederrock mit Kratzern, die die Echtheit des Materials beweisen sollen, und dazu irgendwelchen Schmuck am Handgelenk, den ich nicht erkennen kann, weil sie ihn zu schnell schüttelt. Das schwarze, schulterlange Haar hat sie geglättet und mit glänzendem Sprühkleber fixiert. Vielleicht ist Fred deswegen so mürrisch. Wenn

Jenny auf der Jagd ist, bestehen ihre Teepausen aus halbstündigen Telefonaten und das Mittagessen dauert *ewig*. Ihr langes, blauschwarzes Haar blendet mich, und sofort wandern meine Mundwinkel abwärts. Fast kann ich Claudis Stimme hören: »Mein Gott, für dieses blauschwarze Haar würde ich *sterben*!«

Jenny hebt den Kopf, lächelt aber nur andeutungsweise, weil sie erst zur Hälfte geschminkt ist und das Gesicht mehr oder weniger stillhalten möchte, bevor sie am Abend die fehlende Hälfte ergänzt. Hinter der Fassade ist sie lustig, temperamentvoll und clever.

Wir sind in der stickigen Studioluft eingeschlossen wie Sardinen in einer Dose. Die Wanduhr ist lautlos, doch die Zeiger bewegen sich schnell und ruckeln vorwärts wie ein anfahrender Zug. Ich komme selbstverständlich zu spät, deshalb hat jemand den silbernen Notenständer für mich aufgebaut. Ich ordne meine Unterlagen und höre auf, ein Mensch zu sein. Hier drinnen haben wir keine Zeit für Fehler; sie wären einfach zu teuer. Heute unterlegen wir ein Gedicht über Orestes mit elektronischer Musik. Das Gefühl soll ungefiltert erhalten bleiben, ohne Ironie und ohne Missklänge. Aber egal, wie gut wir uns anstellen, eins wissen wir jetzt schon: Fünfzig »Experten« (Menschen mit theoretischen Kenntnissen, die nie zur Anwendung kommen) werden das Resultat mit Eiswasser übergießen. In fünf Jahren werden sie es widerwillig und in zehn Jahren ganz ungeniert aus dem Archiv holen und unablässig als Beispiel zitieren, um aufstrebende Komponisten elektronischer Musik zu entmutigen.

Heute leiden wir alle an schlechter Laune und streiten uns. Fred hat einen seiner »Unsauberer Ton«-Tage; was wir ihm auch vorspielen, er hört unsaubere Töne, und dann müssen wir immer wieder Pausen einlegen, damit er sie auf seiner Maschine reinigen kann. Wir geben eine Stimme hinzu und lauschen. Ein überdrehter Mann schmettert Kauderwelsch. Alle erschaudern; an diesem Ort ist die falsche Stimme nicht bloß eine Geschmacksverirrung, sie ist grotesk.

»Versuch es mal mit weniger Bass«, sagt Jenny.

Eine Maschine entfernt die Tiefen, woraufhin uns ein nölender Zwerg dasselbe Kauderwelsch entgegengeschleudert. Ich muss lachen, werde aber von einem silbrigen Klirren an Jennys Handgelenk zurechtgewiesen (mein Gott, Claudi!).

»Höhen raus«, sagt Fred streng.

Die Höhen werden fachmännisch entfernt und der Hall wird verstärkt. Die Stimme klingt jetzt noch überdrehter, aber irgendwie glaubwürdig. Ganz offensichtlich bringt es wenig, das Vulgäre nur anzudeuten; man muss *ganz und gar* vulgär sein. In der Kunst und im Theater sollte man Geschmack nie mit »gutem Geschmack« verwechseln, denn der ist unflexibel und mittelmäßig. Wir behandeln die Stimme wie einen Brotlaib: Erst die obere Kruste runter, dann die untere, und anschließend schneiden wir sie in Scheiben … hoffentlich. Aber nein – Jenny lässt die Schultern hängen.

»Jenny!«

»Ich habe Durst.«

»Dann trink einen Schluck Wasser.«

»Auf *Tee*.«

Ihre Gesten sind lustlos. Gütiger Himmel, allein das Tempo, in dem die Kräfte sie verlassen, ist ein Vorwurf an den Schöpfer.

Eben noch hat sie munter auf den Schaltern herumgedrückt, aber jetzt schafft sie es kaum, den kleinen schwarzen Hebel umzulegen, an dem die Stromversorgung des Studios hängt.

»Hast du nicht gut geschlafen?« Ich möchte herausfinden, ob sie verkatert ist, denn nur so kann ich entscheiden, welchen Kurs ich einschlagen muss.

»Oh, doch! Wie ein Stein.«

Nun ist es an mir, die Schultern hängen zu lassen.

»O je, du Glückliche. Ich schlafe praktisch gar nicht mehr. Dabei habe ich es schon mit Hatha-Yoga, Eiswasser trinken und *Krieg und Frieden* lesen versucht. Vergeblich.«

»Wirklich? Ich habe ganz wunderbar geschlafen. Ich bin mitten in Janáčeks *Sinfonietta* eingedöst« – affektierte Pute – »und habe so tief und fest geschlafen, dass ich mich kaum bewegt habe. Ich habe mir nicht einmal die Mühe gemacht zu träumen!«

Eine kalte Depression sinkt auf mich nieder. Ist es nicht merkwürdig, dass die anderen, sobald man eine Weile schlecht schläft, immerzu ihren Schlaf preisen? Ihre Stimmen vibrieren förmlich vor Energie.

»Und dann bin ich in einer *so* bequemen Haltung aufgewacht! Keine Ahnung, wie ich da hineingefunden habe.«

Tja, dann sollte es für eine weitere Stunde Arbeit reichen. Selten habe ich etwas so Selbstgefälliges gehört. Jenny sitzt da, als hätte sie gerade ein Ei gelegt. Ich bin fest entschlossen, den Moment zu nutzen. Wir arbeiten weiter, und ich rede mich am Notenständer immer wieder kurz in Rage, um die Aufmerksamkeit wachzuhalten. So gehe ich meistens vor, wenn ich Überblendungen oder Feedback brauche. Angeblich sind das meine Schwächen, deshalb bin ich gezwungen, in den Zeugenstand zu treten und mich für sie starkzumachen.

»Aber Fred, es passt doch perfekt, wenn im Hintergrund ein gehauchtes ›Orestes‹ erklingt.«

»Ja, mag sein, aber eben hattest du im Hintergrund eine tiefe Stimme, die ›Orestes‹ ruft. Ich finde das ein bisschen dick aufgetragen.«

»Wir sind hier nicht im Kindergarten. Es geht um die Leidenschaften erwachsener Menschen. Da kann man gar nicht dick genug auftragen. Die Leute fühlen tatsächlich so.«

»Ach, ja? Ich nicht.«

Wenn ich jetzt »Das ist unfair« sage, verliere ich den letzten Rest meiner Autorität, und dann kann ich für heute einpacken.

Ich schweige. Jenny verschießt Blitze aus den Augen. Manchmal vergesse ich die Wirkung dieses meergrünen Glühens, aber eins kann ich Ihnen versichern: Nach einer erholsamen Nacht ist es stechend. Ich überlege mir, eine kindische Lockmethode anzuwenden, ähnlich wie in der Werbung, wo es heißt: »Bei Unzufriedenheit gibt es garantiert das Geld zurück«, mit anderen Worten *nie*, da kann man sich auf den Kopf stellen. Ich tue so, als dächte ich angestrengt über Freds Einwand nach, während er teilnahmslos wartet. Als ich sehen kann, dass er sich beruhigt und das Wiederkäuen begonnen hat, sage ich:

»Hm. Ich verstehe, was du meinst. Vielleicht hast du recht. Hör mal, warum probieren wir es nicht ein letztes Mal mit etwas Feedback, und wenn das nicht hinhaut, beuge ich mich deinem Urteil und wir nehmen es raus.« Mit anderen Worten: *nie*.

Er weiß, dass er über den Tisch gezogen wurde, kann aber wenig dagegen machen, außer mich eine miese Töle zu nennen. Plötzlich spüre ich einen selbstgerechten Zorn. Warum muss ich um jedes bisschen Feedback betteln? Das ist doch unerträglich. Als hätte ich ihn um eine goldene Armbanduhr gebeten! Welche Frau würde ihre Lebenszeit mit Feilschereien über Feedback vergeuden, wenn sie vollgetankt und begütert, weil *begattet* aus dem Harrods wanken könnte? Das Feedback wird prompt dazugegeben, ich sehe meiner Mannschaft ins Gesicht und sage im munteren Achterdeckton:

»Mir gefällt's. Wir behalten es drin.« Lächeln, immer lächeln.

Sie stutzen und geraten ins Schleudern. Jenny hat vergessen, dass sie nur halb zurechtgemacht ist, und beißt sich konzentriert auf die Fingernägel. Fred hat den inneren Rückzug angetreten und ist nur noch ein Angestellter, der Dienst nach Vorschrift macht. Ich bleibe für weitere zwanzig Minuten hochmütig, dann ist die Meuterei abgewendet. Wir arbeiten bis zur Mittagspause.

Freiheit! Draußen auf der Straße halten Jenny und ich nach einem neuen Pub Ausschau. Nach dem Studiolicht wirkt der Tag gleißend hell, nicht nur am Himmel, sondern überall, selbst hinter den Mülltonnen und unter den geparkten Autos. Wir mustern einander aufmerksam; alles in Ordnung. Jenny setzt darauf, dass ihre schönen, grünen Augen mich von ihrem Gesicht ablenken – wie optimistisch! Ich zeige ihr mein Profil und hoffe auf das Beste.

Wir brauchen eine neue, möglichst zwielichtige Gaststätte, weil Jenny ungestört über ihr Privatleben sprechen möchte. Da ist sie! Holzverkleidung wie an einer alten Truhe, Milchglas mit weißen Lettern und dahinter das berühmte, bierfarbene Londoner Tabaklicht. Wir bestellen »Stingos«, dunkelbraun wie Tinte.

»Er ist Gitarrist.«

»Oh, Jenny, dann steht dir großes Leid bevor.«

»Im Moment steht es fifty-fifty, aber ich verstricke mich immer mehr. Dabei ist er mir anfangs nicht mal aufgefallen!«

»Davon habe ich schon mal gehört. Ein fataler Start. Man weiß nicht mehr, was man zu Beginn gefühlt hat.«

»Genau! Wenn ich doch nur die Zeit zurückdrehen und ihn mir gründlich ansehen könnte, ohne zu fühlen, was ich jetzt fühle!«

»Dann würdest du es wahrscheinlich nicht mehr fühlen.«

»Wenn doch nur sein Timing nicht so perfekt wäre!«

»Wenn, wenn. Du solltest dich auf die Gegenwart konzentrieren.«

Wir essen harte Käsesandwiches. Der Käse sieht aus wie bröckelnder Putz und hinterlässt ein wundes Gefühl am Gaumen. Das Essen ist so unverdaulich, dass wir spätestens um vier völlig erledigt ins Koma fallen werden. Erschwerend hinzu kommt die Tatsache, dass wir ständig lachen und nach Luft schnappen müssen. Jenny ist von uns beiden übrigens diejenige, die keine Sekunde lang ihre Weiblichkeit vergisst. Mir hingegen unterlaufen ständig neue Fehler, und die meisten meiner Gesten wirken jungenhaft. Jenny hat die schwarzen Haare zurückgeworfen und die zarten Arme rechts und links auf die Tischplatte gestützt, als bilde sie einen Mittelpunkt, ein Netz, in dem sich jederzeit eine hilflose Gitarre und der dazugehörige Gitarrist verfangen könnten. Ich sage:

»Ich kann dich nicht verstehen. Die meisten Musiker sind so narzisstisch, dass es die Mühe nicht lohnt.«

Sie pflichtet mir lautstark bei, durch Brot und Käse hindurch. Sie schluckt und räuspert sich.

»Du hast vollkommen recht. Sie sind furchtbar. Aber weißt du, nach der Party stand er plötzlich wieder vor der Tür und hat geklingelt. Die anderen waren längst nach Hause gegangen …«

»Wie dreist!«

»Das habe ich auch gesagt. Er meinte, er wolle mir nur beim Aufräumen helfen. Zu dem Zeitpunkt hatte ich mir sein Gesicht noch nicht einmal richtig angesehen. Er hat sich auf den Wohnzimmerteppich gesetzt und mir dies und das aus seinem Leben erzählt.«

»Wenn ein Mann sich auf den Boden setzt, werde ich sofort misstrauisch. Für mich verrät das den Spätzünder: ›Bitte, ich bin ein kleiner Student und möchte mich noch lange nicht festlegen.‹ Hast du dich sehr gelangweilt?«

»Nein, es ging. Ich mochte seine Art zu reden, fast feminin. Intensiv und sprunghaft. Und dann ist er näher rangerutscht und hat sich auf meinen Fuß gelegt.«

»Eine geniale Idee!«

»Ja, nicht wahr? Du weißt ja, wie empfindlich Füße sind. Tja, und so lag da nun ein sauberer, fester, warmer Bauch auf meinem Fuß … Hatte ich schon erwähnt, was für eine makellose, helle Haut er hat?«

»Oh! Jetzt schmeckt sogar dieses furchtbare Sandwich!«

»Ich habe stillgehalten und mich gefragt, ob ich ihn zurechtweisen soll. Ich habe alles auf mich wirken lassen … den intelligenten Cambridge-Kommerzialismus seiner Worte, seinen muskulösen, ausgestreckten Körper, die vollen, dunklen Haare, das leicht abgewandte Gesicht, als wollte er mich mit seinen Gedanken nicht erschrecken … Ich habe es auf mich wirken lassen und beschlossen, bis zum letzten Akt zu bleiben.«

»Wenn es dir nicht mehr gefällt, kannst du jederzeit aufstehen und klingeln.«

»Die Stimmung war wirklich angespannt, aber auf eine elegante Weise. Und nach dem langen Nichthinsehen haben wir einander gründlich betrachtet. Aber da war ich natürlich schon so verzaubert, dass ich nichts mehr erkennen konnte.«

»Dann weißt du also immer noch nicht, wie er aussieht?«

»Er ist kein bisschen näher gerückt.«

»Also wirklich! Klingt vielversprechend.« Ich sehe sie bewundernd an.

»Das dachte ich auch. Es war der beste Blickflirt meines Lebens! Erst haben wir einander sehr konzentriert betrachtet und dann ganz entspannt.«

(Langsam werde ich neidisch. Hasse ich den Kugelfisch wirklich so sehr?)

»Und dann?«

»Und dann, meine Liebe« – ihr Gesicht leuchtet vor Aufregung, will sie mir etwa das Finale vorenthalten? Nein, schon ist sie wieder beim Gitarristen – »dann hat er sich ganz ohne Eile und genau in dem

Moment, als ich aufstehen wollte, herübergebeugt und mich geküsst. Seine Technik war furchtbar raffiniert …«

»Das Ergebnis von vielen Nächten, in denen er nach einer Party beim Aufräumen geholfen hat.«

»Etwas so Weiches wie seine Lippen habe ich nie berührt, und sein Mund war leicht geöffnet. *Er weiß alles.*«

»Stopp!«, rufe ich aufgeregt. Sie geht zu weit und zwingt mich, ihr Leben mitzuleben. Wo ist mein Mantel, meine Vernunft, mein Name? Stopp, aufhören! Es ist gerade einmal Mittag. Starkbier zu bestellen war eine idiotische Idee. Jenny gibt mir das Gefühl, mich rechtfertigen oder das erstbeste Flugzeug nach New York besteigen oder etwas vergleichbar Dummes tun zu müssen. Ich habe Spiel, Satz und Sieg verloren. *Er weiß alles.* Oh! Ich weiß genau, wovon sie spricht, und doch – wie hat sie es gemeint? Und warum kennt sie sich so gut aus? Warum lerne ich immer nur Männer kennen, die nasse Regenschirme mit sich herumschleppen und *Ähh* machen? Ich verhungere am ausgestreckten Arm. Ich sollte schnell in die nächste Buchhandlung laufen und mir das *Kamasutra* kaufen. Leicht gereizt und unverhohlen neidisch frage ich:

»Besitzt du das *Kamasutra*?«

»Was?« Sie versteht den Wink und dimmt das grüne Glühen in ihren Augen. Sie braucht nur eine Sekunde, um den richtigen Hebel zu finden und die

Stimmung umzuschalten. Weltgewandte junge Frauen hassen es, wenn man ihnen den Eindruck vermittelt, sie könnten zu vertraulich geworden sein. Dann versuchen sie stundenlang, in die Gedanken ihres Gegenübers einzudringen und das ungebührliche Verhalten wieder einzufangen. Im Grunde habe ich sie emotional hintergangen, aber sie wird es mir verzeihen, weil mich allein die Eifersucht antreibt. Wir bleiben sitzen und lächeln weiter. Sie macht den Anfang:

»Aber natürlich, meine Liebe! Die berühmte Taschenbuchausgabe mit dem gelb glänzenden Cover.«

»Das Paar hat die Augen fest geschlossen.«

»Sex im Schlaf.«

»Ich glaube nicht, dass da was läuft.«

»Ich schon.«

»Es ist, als würde man einen langen, öden *Times*-Artikel zu Ende lesen, nur weil man irgendwo im letzten Drittel das Wort ›Bordell‹ entdeckt hat. Man liest weiter wie besessen.«

»Ich glaube nicht, dass ich in der *Times* schon mal das Wort ›Bordell‹ gelesen habe.«

»Sie drucken es extra klein.« Wenn ich jetzt nicht aufpasse, wird Jenny mir entwischen, dabei will ich doch unbedingt hören, wie es mit ihrem Gitarristen weitergegangen ist, dem Afterparty-Orpheus. Als wir von den Barhockern klettern, wirft sie mir die nächsten Informationskrumen hin. Sie betrachtet ihre angekauten, aber immer noch hübschen Fingerspitzen und sagt:

»Min, die Nägel an seiner Spielhand sind ja so lang! Gitarristen dürfen sich nicht die Nägel schneiden. Ich kann mich nicht entscheiden, wie ich das finden soll. Es ist irgendwie gruselig, aber auch aufregend.« Sie erschaudert in aller Öffentlichkeit.

»Tja, du weißt zwar nicht, wie er aussieht, aber immerhin kannst du ihn im Dunkeln an seinen langen Fingernägeln erkennen.«

Unsere Freundschaft wird gerade ordentlich durchgeschüttelt, doch noch lachen wir. Draußen empfängt uns dasselbe gleißend weiße Tageslicht und dazu eine frische, urbane Brise – die Sorte Septemberwind, die schon im August losbläst. Wir sind beschwipst, und ich muss unbedingt eine Telefonzelle finden. Jennys lockere Moral färbt auf mich ab, unter ihrem Einfluss bin ich zu allen möglichen emotionalen Coups bereit.

Ja doch, es gibt da neben den beiden Regenschirmträgern noch einen weiteren Mann. Er heißt Billy, und ich habe ihn ziemlich gut kennengelernt, obwohl ich ihn gar nicht so attraktiv finde. Wir treffen uns regelmäßig und schicken uns Nachrichten, für mich das perfekte Betäubungsmittel. Wir kommen immer gleich auf den Punkt. Geht es um Musik, zerpflücken wir die neue *Turandot*-Aufnahme und betrinken uns dabei bis zur Besinnungslosigkeit. Das klingt vielleicht, als würden wir herumgrölen, aber das tun wir nicht. Billy hebt kaum je die Stimme. Er ist akkurat, modern, sehr maskulin und kontrolliert. Er achtet sehr auf sich, vielleicht ein bisschen zu sehr: Sauna, Zahnreinigung, auf Hochglanz polierte Schuhe und Champagner zu allen drei Gelegenheiten, die sich im Laufe eines Tages so bieten. Er ist energisch, er ist Musikwissenschaftler, er ist ein Allheilmittel und so unwichtig, dass ich ihn anrufen kann, wann immer mir danach ist. Ich rufe ihn an.

»Billy, sie gibt mir das Gefühl, dass ich sofort mit dem Kugelfisch schlafen muss.«

Über Bemerkungen wie diese würde Billy niemals lachen. Er weiß, dass die Lage ernst ist. Oft wägt er seine Antworten sorgfältig ab. Wie ein guter Zahnarzt lindert er den Schmerz, in meinem Fall mit wohldosierten, informativen Beispielen aus seinem Leben.

»Ich wüsste nicht, warum. Überhaupt solltest du nie mit einem Mann schlafen, der dich im Restaurant langweilt.«

»Wie weise! Nein, natürlich nicht. Woher wusstest du, dass er sich im Restaurant schrecklich benimmt?«

»Das habe ich wohl gespürt. Du bist ein paarmal mit ihm ausgegangen, oder?«

»O Gott, ja. Inzwischen kenne ich seinen Weingeschmack besser als meinen. Beim Lesen der Karte zieht er immer dieselbe Nummer ab, und willst du was Lustiges hören? Sie irritiert mich zutiefst, aber irgendwie habe ich sie liebgewonnen.«

»Keine Frau wartet gern, wenn der Mann bestellt. Natürlich ist das irritierend.«

Billy ist wirklich zu nett; auf einmal fallen mir hundert neue Gründe ein, den Kugelfisch zu verachten. Schnell murmele ich in den Hörer:

»Er liest sich die komplette Karte durch, Billy, ganz langsam, und wenn der Kellner dann fragt: ›Nun, Sir?‹, dann antwortet er so zerknirscht, als säße er in einer mündlichen Prüfung: ›Ach, ich weiß auch nicht.‹ Danach wendet er sich *endlich* wieder dem Tisch zu und sagt mit einem hilflosen Achselzucken: ›Vielleicht probieren wir es einfach mit der vierundvierzig.‹ Nun ja, wenn ich es erzähle, klingt es fast süß …«

»Nein, kein bisschen.«

Ich bin sehr dankbar dafür, dass er es nicht süß findet, denn Jenny (die beschwingten Schrittes zum Studio zurückgelaufen ist) hätte es absolut süß gefunden. Sie ist heute in Hochstimmung; der Gitarrist ist für sie wahrscheinlich nur eine von vielen wunderbaren Optionen. Ich jammere ins Telefon:

»Verpasse ich alles?«

Das Telefon antwortet sanft und höflich: »Nein, ich glaube nicht. Man darf sich nur nicht das Falsche von den falschen Leuten wünschen. Der Trick besteht darin, um beides einen großen Bogen zu schlagen. Weißt du, am Ende sind wir nämlich das Produkt unseres Umfelds. Lass uns essen gehen, am Donnerstagabend, falls George da arbeiten muss.«

»Liebend gern. Ich fühle mich, als wäre ich eben einer großen Gefahr entronnen.«

»So attraktiv ist er hoffentlich nicht.«

3

Mens sana in corpore sano.

So lautet der Untertitel des Buches, das ich gerade lese. Es heißt *Der fröhliche Hausarzt* und ich habe es vor Jahren aus dem Bücherschrank meiner Großmutter gestohlen. Ich lese es nur, weil ich krank im Bett liege, in der Blüte des Lebens niedergestreckt von einer neuen Wohlstandskrankheit: Gicht.

Gicht! Ein Leben in Saus und Braus, Gänseleberpastete, Portwein? Nun ja, Gänseleber ganz bestimmt. Aber schuld sind natürlich die Starkbierlunches in der Mittagspause, und auch George, der gestern Abend nach der Arbeit sehr gemein zu mir war. Wahrscheinlich ist in einem seiner Doppel- oder Dreifachleben etwas schiefgelaufen, oder vielleicht habe ich ihm in letzter Zeit zu wenig Aufmerksamkeit geschenkt. Jedenfalls war er schlecht gelaunt und schweigsam, er wirkte unruhig und konnte einfach nicht »runterkommen«. Ich habe sofort gesehen, dass nichts ihn aufheitern würde, also bin ich nach oben gegangen, was mir aber auf der Treppe schon leidtat. Ich bin die Treppe wieder hinuntergestiegen und habe mich entschuldigt – vollkommen grundlos! George hat sich mein Gesäusel aufmerksam angehört, und dann hat er knapp gesagt: »Ja, du warst tatsächlich ein wenig taktlos.« Er hat überhaupt kein Gespür für Fair Play. Ich habe die Kleenexschachtel, die ich praktischerweise unter dem Arm trug, ordentlich auf den Tisch gehauen. *Peng!* »George, wie böse kann man sein?« Keine Antwort. Er war irgendwo in seinem Kopf und starrte in eine leere Weite, einsam und allein. Heutzutage sind die Männer sehr empfindsam und neurotisch, sobald man etwas lauter wird, krümmen sie sich zusammen wie Asseln. Ich wusste sofort, dass er auf dem langen Weg nach oben und auch im Bett gemein zu mir sein würde. Den Pyjama hat er sich auf übertrieben deprimierte Weise angezogen, als würde er jede Sekunde zusammenbrechen, und im Bett hat er mir wortlos den Rücken zugekehrt. Er lag da, hat furchtbar gelitten und jeden Moment voll ausgekostet. Manchmal frage ich mich wirklich, ob er im Leben zu viele Skrupel hat oder gar keine. So oder so schafft er es jedes Mal, am Ende gut dazustehen, denn seine Werte sind abgezählt und unveränderlich. Hin und wieder versuche auch ich, gut dazustehen, aber leider fehlt mir der absolute Glaube, und der ist unbedingt nötig, möchte man andere überzeugen: Gut dastehen lässt es sich nur in Gesellschaft.

Eigentlich war also die böswillige Ausstrahlung von Georges mir zugekehrtem und mit einem dunkelblau gemusterten Seidenpyjama bekleideten Rücken der Auslöser für meine Gicht.

Da steht es: »Stoffwechselkrankheit«, »erblich bedingt«, was bedeutet, dass sie mir schon länger aufgelauert hat; sie hat nur auf ein paar feuchtfröhliche Mittagspausen mit Jenny und einen beleidigten Rücken gewartet, um in Erscheinung zu treten.

Oh, mein Zeh! Ich habe ihn hochgelegt, er schwebt über dem Fußende wie ein rotglühender Schürhaken und ist so empfindlich, dass ich, wenn Fritz die Schlafzimmertür öffnet, um mir ein Glas Milch zu bringen (Kaffee ist verboten), den Luftzug spüre und unter Schmerzen rufe: »Vorsicht! Du bist links von meinen Füßen! Komm nicht näher, du könntest sie berühren! Gib mir einfach das Glas und bleib auf Abstand. Bitte, Fritz, nicht ums Bett herumgehen. Wenn du um meinen Fuß herumgehst, fühlt es sich an wie eine Welle aus Lava. Sei so gut und bring mir eine Schüssel mit warmem Wasser und etwas Natron, ja? Es ist wieder Zeit für ein Fußbad. Du weißt doch, was der Arzt gesagt hat: ›Meine Liebe, wir müssen Ihren Harnsäurespiegel senken wie den Wasserpegel in einem Pool.‹ Ich wusste nicht mal, dass ich Harnsäure im Blut habe, aber jetzt spricht er sogar von ›*meiner*‹ Harnsäure! Und das mit dem Pool gefällt mir auch nicht. Heutzutage arbeiten die Ärzte viel zu wissenschaftlich. Ich will keinen Wissenschaftler. Ich will, dass jemand mir sagt, wie wunderbar ich bin (nein, nicht du, Fritz). Dann würde ich sofort aus dem

Bett springen, fit wie ein Turnschuh! Aua! Dieser Schmerz!«

Nach dieser Tirade bin ich überzeugt, dass niemand mich liebt, außer Claudi vielleicht. Billy bewundert mich, aber um bewundert zu werden, muss man unterhaltsam sein, geschmackvoll gekleidet, gut informiert und entspannt. Der Kugelfisch liebt nur sich und das Bett, in das er abends steigt, selbstverständlich ungewaschen.

Ich wende mich wieder dem *Fröhlichen Hausarzt* zu. Gott sei Dank ist das Buch total veraltet, nichts als Kräuterrezepte und Aberglaube. Überraschung! – Wenn man krank ist, sollte man das Bett hüten, bis man sich besser fühlt! Keine Notfallmedikamente, keine Vierundzwanzigstundenpillen, nach deren Einnahme man mit geweiteten Pupillen durch die Straßen wankt, Bekannte grüßt und so tut, als wäre alles in Ordnung, bloß weil man die Symptome losgeworden ist und nun keine Ausrede mehr hat.

Während ich die detaillierten Beschreibungen lese und die haarsträubenden Zeichnungen betrachte, bilde ich mir ein, *alles* zu haben. Was ist das? »Harnsäureablagerungen im Ohr.« Schnell taste ich meine Ohrläppchen ab; wie vorsintflutlich sie sich anfühlen. Seit Jahren kleben sie mir am Kopf, aber nun erforsche ich sie zum ersten Mal mit einem gewissen Interesse. Ich erinnere mich an einen sehr erfahrenen Mann, der mir beim Küssen die Hände über beide Ohren legte, als wollte er mich von der Außenwelt isolieren und noch tiefer in den Kuss hineinziehen. Ehrlich gesagt bin ich am liebsten vertieft und gleichzeitig hellwach; im Vollbesitz der eigenen Sinne zu sein, ganz bei sich und doch in der Welt, ist nämlich eine Voraussetzung für gelungenen Körperkontakt. Es gibt ja Menschen, die einem bei der ersten Gelegenheit die Ohren ablecken wollen. Wenn der richtige Mann es versucht, wäre es wohl in Ordnung, beim falschen hingegen … beim falschen lagert sich *sofort* Harnsäure ab.

Aber im Moment scheint es mir noch gut zu gehen. »Gichtkranke Hand siehe Abb. 13.« Wie schrecklich! Die Knöchel erinnern mich an den Griff des Spazierstocks meiner Großmutter. Die Abbildung nimmt drei Viertel der Seite ein und ist fast so groß wie die des rheumatischen Herzens. Mürrisch starre ich ins Buch.

Claudis Katze, die nur zwei Häuser weiter wohnt, kommt herein und betrachtet mich, wie ich die Gichthand betrachte: mit kühlem Ekel. Die Katze heißt Plim-Plam und sieht aus wie ein kleiner Löwe. Sie hat absolutes Vertrauen in die Welt, fast wie die Queen, wenn sie eine Militärparade abnimmt. Einer Meereswelle gleich bewegt die Katze sich ums Fußende herum und taucht auf der anderen Seite wieder auf, in einigem Abstand zu mir und direkt unterm Fenster. Nach einem weiteren unverhohlen neugierigen Blick (macht Jennys Gitarrist es genauso?) springt sie hoch, macht es sich auf dem Fensterbrett bequem und stiert gelangweilt nach draußen. Volle Punktzahl, Plim!

Warum fühle ich mich immer wie eine Kurtisane, wenn ich im Bett liege und Plim durchs Zimmer streicht? Plötzlich werde ich mir der Unterwäsche auf der Stuhllehne bewusst. Draußen ist heller Tag und zu allem Überfluss auch noch August. Ja, Plim erinnert mich an den Kugelfisch, denn auf einmal wirkt das Schlafzimmer noch viel mehr wie ein Schlafzimmer. Vermutlich liegt es an der entspannten und würdevollen Art, mit der sie über die Decken steigt, die zu Boden gerutscht sind und ein Trümmerfeld aus Büchern, Briefen, Medikamenten, Spiegeln und Kosmetikbeipackzetteln mitgerissen haben. Man könnte glatt meinen, ich würde hier ständig edle Tiere und andere Besucher empfangen. Doch eigentlich sieht es aus wie im Krankenzimmer einer Schule, und mein Stöhnen beschwört wohl eher das Röcheln von Schulkindern herauf als die überwältigenden Zuckungen einer *grande horizontale*.

Immerhin hat der Arzt mir versichert, die Gicht sei heutzutage eine »junge Krankheit«. »Sind Ihnen denn gar nicht die jungen Geschäftsmänner aufgefallen, die schon mit sechsundzwanzig am Stock gehen? Man sieht sie dutzendweise auf der Straße, und alles nur wegen unseres hohen Lebensstandards.«

Fritz bringt eine blaue Plastikschüssel, in der heißes Wasser hin und her schwappt. Er sagt, Claudi stehe vor der Tür und frage nach seiner Katze. So ist das also! Ständig glauben die Leute, man wolle mit Zuneigung und Essen ihre Tiere fortlocken. Misstrauisch gehen sie den Spuren nach, um einem dann unverblümt den Raub der geliebten Kreatur vorzuwerfen. Doch die brutale Wahrheit sieht vollkommen anders aus: Immerzu versuchen Hunde und Katzen, in fremde Häuser einzudringen und sich, wenn möglich, ins Obergeschoss zu schleichen und in einem der Schlafzimmer niederzulassen. Sie spazieren zur Vordertür herein, nehmen Läufer in Beschlag oder sehen sich um wie Reporter auf der Suche nach dem neuesten Aufreger. Anscheinend – auch das haben sie mit den Reportern gemein – wäre ihnen jedes Leben lieber als das gegenwärtige, aus dem sie unbedingt entkommen wollen. Plim ist hier, weil sie dich unerträglich findet, Claudi! Ich mit meiner Gicht und meiner blauen Plastikschüssel verkörpere das Neue, das Unbekannte, Unerreichbare. Und wenn ich morgen am Stock durch die Straßen hinke wie ein junger Geschäftsmann, wird sich meine Anziehungskraft noch verdoppeln.

Doch bis es so weit ist, werde ich die Sache in der *grande horizontale* durchstehen. Ich bitte Fritz, Claudi hochzuschicken. Claudi hasst Krankenbesuche; er selbst war in seinem Leben noch keinen einzigen Tag krank, obwohl er sich einmal nach einem Kaviarsandwich übergeben musste. Ich höre, wie er langsam und widerwillig die Treppe heraufsteigt. Kurze Zeit später steht er im Türrahmen und späht ins Zimmer wie in einen Sarg.

»Claudi, tritt ein«, sage ich mit honigsüßer Stimme.

»Bist du krank, Liebes?«

»Oh ja, mein Schatz. Ich habe die Gicht, eine der großen horizontalen Krankheiten.«

»Nun, dann solltest du in Zukunft wohl auf Kalbsbries verzichten.« (Er hat sich für den Sessel neben der Tür entschieden, nimmt Platz und sieht immer wieder auf die Uhr; die Zeit drängt.)

»Was für ein dummer Kommentar. Sehe ich aus wie eine Frau, die Kalbsbries isst?«

»Liebes, ich kenne deine Ernährungsgewohnheiten nicht. Ich wollte dir nichts unterstellen.«

Er hat die Plastikschüssel entdeckt (ein weiterer Krankenhorror) und plant jetzt schon seinen Abgang. Den muss er sich allerdings erst mit aufmunterndem Small Talk erkaufen. Er bleibt beim Thema Kalbsbries (fast kann ich spüren, wie der Harnsäurepegel in meinem Swimmingpool steigt):

»Wenn man sich mal die schreckliche Armut und den Hunger in Indien vorstellt, mein Gott, da fühlt man sich so hilflos. Und was wir hier alles wegwerfen! Neulich musste ich ein halbes Brot entsorgen und habe mich schrecklich gefühlt. Willst du wissen, was der pakistanische Finanzminister neulich zu mir gesagt hat? ›Hätte ich bloß Ihre Mülltonnen …‹ Und dann stell dir vor, was sie in Amerika alles wegschmeißen!«

Das mit dem Kalbsbries scheint ihn sehr zu beschäftigen, aber ich wehre mich nach Kräften: »Mein Lieber, deine Mülltonne ist praktisch immer leer! Du ernährst dich von Luft und Liebe, das wissen wir doch beide. Wieso sollte sich der pakistanische Finanzminister für deine Mülltonne interessieren, wenn darin nichts ist außer Vogelmiere aus deinem Garten? Mit einem Scheck wäre ihm weitaus mehr geholfen.«

Der Pfeil trifft ins Ziel, und Claudi begreift, dass es nun angemessen wäre, seine Katze auf dem Fensterbrett zu entdecken. Er ruft:

»Plim! Was machst du denn hier?«

»Sie hat sich eingeschlichen. Und ihre Haare überall auf dem Teppich verteilt.«

Claudi macht einen Hechtsprung in Richtung seiner Katze.

»Achtung!«

»Was? Was ist denn?« Er weicht verwirrt zurück.

»Mein Zeh! Du hast ihn mit deinen ruckartigen Bewegungen erschreckt. Bitte sei vorsichtig. Ach Claudi, warum hast du das getan? Jetzt ist er wieder wütend und pulsiert.«

»Aber ich bin nicht mal in der Nähe deiner Füße, Liebes.«

»Nein, aber du machst hektische Bewegungen. Von dort, wo du stehst, könntest du mich mühelos erreichen. Außer, du wärst gefesselt.«

»Also wirklich. Meine liebe Min. Du führst dich auf wie ein freches kleines Mädchen. Liegst im Bett und kommandierst mich herum, einen armen, alten Gentleman, der dich nur besuchen und dir von Herzen gute Besserung wünschen wollte.«

»Der rein zufällig nur hier ist, weil er seine Mieze sucht … O ja«, füge ich in salbungsvollem Ton hinzu, »als ich gebrechlich war, hast du mich fast nicht besuchet.«

Claudi muss lachen, aber das Gefühl, das Leben da draußen könnte ohne ihn weitergehen, lässt ihn nicht los. Er wittert eine Gelegenheit zu entkommen und ergreift sie:

»Nun, Min, wie ich sehe, befindest du dich schon auf dem Weg der Besserung. Eigentlich ist meine Anwesenheit hier ja gar nicht mehr erforderlich …«

Stöhnend kreuze ich die Arme vor der Brust, wie bei einer Leiche.

»Also gut, raus mit der Sprache. Was ist los?« Er gibt sich einen Ruck, wenn auch nur einen ganz kleinen.

»Wie würdest *du* es finden, wenn dein Zeh plötzlich so absurd angeschwollen wäre? Ehrlich gesagt bezweifle ich, dass er je wieder abschwellen wird. Du könntest wenigstens einen Blick darauf werfen.«

»Nun, wenn es sein muss …«

Widerwillig betrachtet er meinen Fuß und bemüht sich, so etwas wie Interesse vorzuschützen. In richterlichem Ton verkündet er:

»In erster Linie kommt es darauf an, dass die Zehen gleich groß sind.«

Die Aussage ist so lächerlich, dass wir beide lachen müssen. Ich trällere:

»Schon gut! Geh nur. Du hast deine Schuldigkeit getan. Geh hinaus in den Sonnenschein, atme die frische Luft und lass mich hier in meinem Kämmerlein zurück, wo ich vorschnell altern werde.« (Ich frage mich, warum Claudi mich immer wieder zu dieser Ausdrucksweise verleitet.)

Bei den Worten »vorschnell altern« gerät er in Wallung.

»So was sagst du mir, einem Mann von beinah siebzig Jahren, der auf der Schwelle zu Gott weiß was steht?«

Wir schweigen, gehen in uns und nehmen die Haltung von Rodins Denker an. Die lange, nachhaltige Stille wird nur von Plim-Plam gestört, die schwerfällig vom Fensterbrett springt und auf demselben Weg, auf dem sie gekommen ist, das Schlafzimmer durchquert. Claudi fängt sie ab, nimmt sie hoch und wiegt sie wie ein Kind. Das weißgelockte Fell an ihrem Bauch erinnert mich an die feinen Rüschen von Babykleidung.

Auf einmal fällt mir etwas ein. Hastig setze ich mich auf und jammere:

»Claudi, morgen früh kommt der Kugelfisch!«

»Nun, meine Liebe, ich bin mir sicher, du wirst mit ihm fertigwerden. Mit mir wirst du ja auch fertig.«

»Ja, aber du versuchst nicht, mich zu verführen!«

»Woher willst du das wissen?« Claudi hält inne und sieht mich eindringlich an. Plötzlich fürchte ich, er könnte sich auf die Bettkante setzen – neben meinen Zeh! Schnell sage ich:

»Du liebst nur deinen Garten.«

»Nein, Liebes, das stimmt nicht.« Sein Blick ist unverändert eindringlich (ich gewinne einen flüchtigen Eindruck vom komplizierten Kurtisanenleben).

»Claudi, wenn du mir nicht hilfst …«

»Schon gut, meine kleine Min. Ich habe doch nur Spaß gemacht.« Hat er nicht. »Wann kommt er denn?«

»Er hat sich selbst zum Kaffee um elf eingeladen.« Panik steigt in mir auf. »Und ich liege hilflos im Bett. *Im Bett!* Diese Plage, dieser Dekubitus, dieser Judas Iskariot wird mich …«

Claudi wirft mir einen schiefen Blick zu, aus dem Scharfsinn und Skepsis sprechen. Das Problem mit Männern, die sich mit Frauen auskennen, ist folgendes: Sie glauben einem kein Wort, und das ist wirklich ansteckend. Am Ende glaubt man sich selbst nicht mehr. Claudi fährt fort:

»Nun, zunächst einmal bin ich der Meinung, dass du auf schwarze Spitzenunterwäsche verzichten solltest. Trag einfach einen Flanellpyjama, das schreckt jeden Mann ab.«

»Auch dich?«

»Nein, eigentlich nicht. In meinem Alter kann man keine Ansprüche stellen.«

»Es gibt nichts Aufreizenderes als einen schönen, frisch gewaschenen, blassgelben Flanellpyjama.«

»Nun, in dem Fall solltest du bei schwarzer Spitzenunterwäsche bleiben.«

»*Wie kriege ich ihn aus dem Haus?*«

»Also gut, dann schmieden wir eben einen Plan … Nehmen wir an, er bleibt für eine Stunde. Oder gönnst du dem armen Kerl vielleicht eineinhalb?«

»O Gott, warum schlägst du dich auf seine Seite? Für den Geschlechterkampf bin ich zu krank.«

»Anderthalb Stunden wären um halb eins vorbei. Wie wäre es, wenn ich dann rüberkomme?«

»Nein, das wäre zu durchschaubar. Außerdem würdest du lachen.«

»Ich klingele an der Tür, komme herein, setze mich zu euch, erzähle lustige Anekdoten und gehe einfach nicht mehr weg.«

»Dann werden wir bis vier dort sitzen!«

Claudi sieht gekränkt aus. Ich gluckse vor Heiterkeit, denn natürlich habe ich nur die Wahrheit gesagt! Ich mache es schnell wieder gut:

»Mein Lieber, das ist ein wunderbarer Plan. Aber wie wäre es, wenn du dich einfach nur für den Notfall bereithältst? Ich meine, es könnte ja sein, dass er von sich aus geht.«

»Na gut. Wenn er um halb eins noch nicht weg ist, rufst du mich an.«

»Was soll ich sagen?«

»Bestell einfach irgendein Gemüse.«

»Ich glaube, Fisch wäre besser. Ich lasse mir nie Gemüse liefern.«

»Ja, dann bestellst du eben Fisch, und ich komme in einer gestreiften Schürze rüber und haue ihm einen Knüppel auf den Kopf.«

»Und du wirst ganz bestimmt nicht lachen?«

»Versprochen, Liebes.«

Vor dem Tee vertiefe ich mich eine weitere Stunde in den *Fröhlichen Hausarzt*. Ich weiche meinen Zeh in der Schüssel ein und befehle ihm abzuschwellen. Bei der Zeitungslektüre entsteht der vage Eindruck, dass dieses Land regiert wird, aber von wem? Ich arrangiere alle Elemente meines Lebens so um, dass sie ein vorteilhaftes Gesamtbild ergeben, dann summe ich ein kleines Lied, das Jenny und ich uns nach der mittäglichen Beichtstunde ausgedacht haben: »Ich fühlte mich sensationell, und so ging ich ins Bordell …« Sind Jenny und ich tatsächlich zwei erwachsene, verantwortungsbewusste Stützen der Gesellschaft? Ganz bestimmt; es ist aber so, dass auch wir hin und wieder ein Ventil brauchen, und eine Möglichkeit ist maßlose Albernheit. Man kann nicht sieben Stunden am Tag elektronische Musik hören, ohne dabei den Verstand zu verlieren.

Oh, und da erscheint auch schon Raquel, meine gefährliche Freundin! Sie allein weiß, wie das Leben zu meistern ist. Liebschaften sind unter ihrer Würde. Sie lenkt sich mit einem prall gefüllten Terminkalender ab, und alle langweiligen Verabredungen darin sind von derselben Wichtigkeit. Unvorstellbar, dass ein Männerbauch auf ihrem Fuß sie aus dem Konzept bringen würde. Hm … ich stelle es mir vor. Hier ist ihr Fuß, dort sein Bauch. Kontakt. Raquel hält ganz still. Entgegen meiner Erwartung weist sie ihn nicht zurecht, sondern – sie beugt sich kühn hinunter und fährt ihm mit den Fingern durch das dunkle Haar! Nur in meinen Gedanken natürlich. Aber wer weiß?

Sie hat ihr Nähzeug mitgebracht (sie hat keine Minute zu verlieren) und wirkt frisch, drall und munter. Ich hasse nähen (fast so langweilig wie eine schöne Aussicht), mache aber mit und kürze einen ohnehin schon kurzen Rock, damit er ultramodern wirkt. Mit meinen großen Stichen komme ich zügig voran, während Raquel (die Architektin) freundlich plaudert. Eigentlich dachte ich, diese Art zu reden wäre mit der Generation unserer Großeltern ausgestorben.

»Min, warum nähst du von links nach rechts?«

»Ich wusste gar nicht, dass ich von links nach rechts nähe. Ist es nicht egal? Wenn man den Stoff umdreht, näht man in die andere Richtung. Ich komme so oder so ans Ziel.«

»Ich weiß. Aber das ist, als wollte man den Koran lesen und links oben beginnen.«

Die Frage nach rechts oder links verwirrt mich sehr. In meinem Hirn zieht Nebel auf, als müsste ich Lire in Francs umrechnen. Ich weiß, dass Raquel weiß, wie man es richtig macht, und habe keine Chance. Also plappere ich los wie eine unbeholfene Elfjährige:

»Unglaublich, dass wir hier sitzen und nähen … wusstest du, dass ich neulich vom Handarbeiten geträumt habe? Ich habe ein Taschentuch für einen

Elefanten bestickt, er hat mir sogar den Spruch diktiert. Ich sollte ihn in roten Großbuchstaben aufsticken, denn der Elefant wollte ihn an der Brust tragen. Weißt du, wie er lautete?«

Raquel sieht mich an, wie alle Leute einen ansehen, wenn man unbedingt seine Träume erzählen will.

»Nein. Wie denn?«

»›Vormarsch oder Rückzug – mir doch egal.‹«

Leider kann ich mich nicht beherrschen und pruste los; es ist *mein* Traum, natürlich finde ich ihn komisch. Raquel legt höflich den Kopf schief und sieht mich ratlos an. Macht nichts; auch sie, die Allwissende, hat ihre blinden Flecken.

»Was hattest du an dem Abend gegessen?«

Ich blaffe sie an:

»Fischstäbchen!« Aber nein, ich darf *nicht* so gereizt sein. Ich erkläre es ihr: »Wahrscheinlich lag es an den armen Elefanten, die ich an dem Tag im Zoo im Regent's Park Zoo gesehen habe. Weißt du, sie können nämlich immer nur vor und zurück.«

»Was würde Freud wohl dazu sagen?«

»Gib mir drei Tage und eine Couch.« Dass ich so gereizt bin, muss an der Gicht liegen. Ich versuche es mit ein bisschen mehr Demut: »Ich glaube, es bedeutet, dass sich auf meinem Lebensweg ein Hindernis befindet. Dass der Kugelfisch mich zwingt, Taschentücher zu besticken, die er sich zum Zeichen seines Triumphs an die Brust heften will. Wenn er Aufmerksamkeit und Applaus entgegennimmt, tritt er vor und zurück, und dann trompetet er seine Männlichkeitsarie hinaus: ›Äääähh!‹«

Raquel beißt einen Faden ab und sagt:

»Es geht dir anscheinend schon viel besser.«

4

Er ist da, und er ist wirklich eigen. Um halb elf kam er an und war entzückt, dass ich ihm die Tür im Morgenmantel geöffnet habe. Er hat mir ein Geschenk mitgebracht, D'Annunzios Stücke in einer Erstausgabe mit grünen Lesebändchen. Macht mich das zur Duse? Ich bin auf der Hut.

Keine Frage, ich freue mich über das Geschenk; ich liebe Bücher, die sich wie ein Koffer verschließen oder wie ein Morgenmantel verschnüren lassen. Außerdem lässt er sich mit dem Hinsetzen mehr Zeit als sonst. Für gewöhnlich plumpst er in den erstbesten Sessel wie ein Mehlsack, aber diesmal bleibt er im Wohnzimmer stehen und beugt sich in einem ehrfürchtigen Winkel über mich. Seine Haltung bringt das Beste in mir hervor, und plötzlich bin ich sehr charmant. Meine Gesten werden völlig unnötigerweise grazil und putzig, etwas, wofür meine Großmutter mich früher ihren »schneeweißen Engel« nannte.

Sein weißes Oberhemd bedeckt die große Fläche zwischen den Sakkoaufschlägen wie zerknittertes Papier – als hätte ein Komponist darauf geschrieben und es dann zerknüllt. Die Krawatte ist heute dunkelrosa mit roten Punkten (nähern wir uns etwa dem Elefantenlätzchen an?), das passende Einstecktuch hängt aus der Brusttasche wie die Zunge eines Verdurstenden.

Und was das Außergewöhnlichste ist: kein Gestank. Nicht mal ein Hauch. Das gefällt mir gar nicht. Offenbar hat er Vorsichtsmaßnahmen ergriffen und legt es darauf an, seine Beute schnellstens zu erlegen. Und warum langweilt er mich noch nicht? Was ist passiert? So sexuell ausgehungert kann ich doch gar nicht sein? Nein; er schweigt, weil er fürchtet, mich mit seinem volltönenden Vibrato zu ärgern. Wie schlau von ihm! O je. Er ist viel gerissener, als ich dachte.

Wie voll sein Haar ist! Es ist zu eigenartig. Anscheinend habe ich mir nie die Mühe gemacht, seinen Kopf zu betrachten, aber nun entdecke ich massenweise dickes, dunkles Haar. Einzelne Strähnen kringeln sich, andere leuchten hellgrau. Gar nicht übel, und für eine Kopfjägerin eine echte Verlockung. Aber eigentlich möchte ich allein sein und mich um meine Gicht kümmern. In den letzten Tagen habe ich viel zu viel über ihn geredet und ihn auf ein Podest gehoben, obwohl er in Wahrheit nichts ist als ein dummer, alter, aufgeblasener Bariton.

Sie wissen, worauf er wartet, nicht wahr? Auf die erste Runde, in der er mich zu einem so unmöglichen Verhalten treiben wird, dass ich mich bei ihm entschuldigen muss. Ich lächele schmallippig, er wirkt benommen.

Hallo! Ich glaube, gleich wird er niedersinken. Schon nähert er sich dem Klavierhocker, seine Knie geben nach – ah, er sitzt. Selbstverständlich weiß er genau, wie man einen Klavierhocker richtig benutzt und wie man darauf echte Erholung findet.

Ich *weigere* mich, Konversation zu machen. Es ist zu ermüdend, und ich bin immer noch krank. In der Tat kennen wir uns mittlerweile recht gut und müssen nicht mehr reden. Ich halte mein feindseliges Schweigen aufrecht, bis er beiläufig bemerkt:

»Schöner Morgenmantel.«

Ich ärgere mich sehr und verdoppele die Intensität meines Schweigens. Ein Schlafzimmerkommentar ist ganz bestimmt nicht geeignet, mich milde zu stimmen. Ich zeige ihm weiter die kalte, wenn nicht gar eiskalte Schulter. Aber gerade, als ich mir einbilde, gewonnen zu haben, spricht er ebenso beiläufig – es klingt, als wären wir seit Minuten im Gespräch – weiter:

»Wissen Sie, bei den meisten Frauen dringe ich gar nicht durch. Aber zu Ihnen spüre ich eine *echte Verbindung*.«

Eine Frechheit, außerdem schimmert sein Augenweiß wie feinstes Porzellan. Vermutlich hatte er sizilianische Großeltern.

»Wirklich?« (Ich wünschte, Sie könnten meinen trockenen Bellhusten hören!) »Da handelt es sich aber um eine sehr einseitige Verbindung.«

Nach kurzem Überlegen lacht er vergnügt auf. Er ist wirklich eine Plage! Schon trampelt er auf meinen Nerven herum.

»Vielleicht ist das der Grund?«

Er schlägt die Augen nieder, als wäre der Gedanke zu groß, um damit zu leben.

»Ihre Ehrlichkeit, meine ich.«

»Ehrlichkeit? Wie können Sie so etwas sagen? Lügen und betrügen ist meine Spezialität. Aber Sie werden weder in den Genuss des einen noch des anderen kommen.«

Bei diesen Worten gehe ich an ihm vorbei, und auf einmal berührt er schüchtern meinen Arm. Ich zucke zurück, als hätte er die Krätze. Sanft sagt er:

»Ich wollte Sie nicht verärgern.«

»Haben Sie nicht.« (Oder doch?) »Ich bin wohl ein bisschen angespannt, weil mein Fuß mir Probleme bereitet. Leider bin ich derzeit keine angenehme Gesellschaft.«

Und schon habe ich mich entschuldigt. Niemand kann behaupten, der Kugelfisch verstünde sein Handwerk nicht. Ich werde wütend auf mich selbst und rede weiter:

»Was mir aber vollkommen egal ist.«

Dann schweige ich, und er lacht. Ha, ha, ha. Wir haben zu unserem Normalzustand zurückgefunden, obwohl es da zwei oder drei Minuten gab, in denen er seine Launen unter Verschluss hielt und ich mich definitiv von ihm angezogen fühlte. Weil ich die

D'Annunzio-Erstausgabe mit den grünen Bändchen schon vergessen habe, frage ich spitz:

»Übrigens ... Sind Sie immer noch so blockiert?«

Nach einem Gastspiel in Rom im vergangenen Jahr musste der Kugelfisch einen Psychiater aufsuchen, und seither spricht er von seiner »Blockade«. Wahrscheinlich meint er damit, dass er bei den Frauen weniger Erfolg hat als früher. Einmal beichtete er mir, er habe mit fünfzig oder sechzig Frauen geschlafen; die »Blockade« muss daher relativ neu sein. Auf meine Frage reagiert er mit echtem Interesse, gerade so, als hätte ich irgendwie besorgt geklungen. Er antwortet:

»Es wird schon besser, vielen Dank. Ich glaube, sie würde sich schneller lösen, wenn ich öfter unter Menschen käme. Wenn ich mehr Zeit mit anderen verbringen würde, wüsste ich beispielsweise, wie ich mit Ihnen reden muss.«

»Das wissen Sie nicht?« (Vorsicht!)

»Nein. Ich weiß nie, was ich sagen soll.« Der Satz wird von einem düster-aufrichtigen Blick und einem Kopfschütteln begleitet. (Recht so, wirf dich mir zu Füßen, damit ich auf dir herumtrampele. Für einen Mann, der angeblich nicht viel unter Menschen geht, sind deine Fähigkeiten ziemlich ausgeprägt.) Ich winke ab:

»Das Problem haben doch alle. Denken Sie sich einfach spontan was aus.«

Er erwägt es wie einen ernsthaften Ratschlag und rückt seine Bemühungen dann ganz selbstlos (!) in ein vorteilhaftes Licht, und zwar durch diesen köstlichen Kommentar:

»Ach, keine Sorge. Ich glaube, die Blockade löst sich ganz allmählich. Und Sie« – er wirft mir einen durchtriebenen Blick zu – »sind dabei eine große Hilfe.«

Du Tier! Du mit deinen hartnäckigen oder sich lösenden Blockaden! Hast du für eine Sekunde geglaubt, ich wollte dir helfen? Will ich nicht! Deine Blockaden kannst du gern allein lösen. Es ist doch lächerlich, sich selbst so wichtig zu nehmen und zu reden wie eine neurotische Frau. Wenn du wüsstest, wie unmännlich es dich erscheinen lässt, würdest du sofort damit aufhören.

»Obwohl Sie mir manchmal« – er war noch nicht fertig – »das Gefühl geben, ein Langweiler zu sein.«

Auf diese Chance habe ich gewartet, und ich ergreife sie laut lachend:

»Ich bin froh, das zu hören!«

Das war böse, geben Sie es zu. Kein Mensch besitzt ein so dickes Fell, dass er diese Gemeinheit ignorieren könnte. Vermutlich habe ich ihm einen furchtbaren innerlichen Schaden zugefügt. Er gibt einen erstickten Laut von sich. O Gott, ich habe ihn zerstört! Wie furchtbar. Dass er ein großer, starker Mann ist, macht die Sache umso schlimmer. Unwillkürlich springe ich auf, tätschele seinen Kopf und drücke ihm einen Kuss auf die Stirn, wobei mir nicht entgeht, wie angenehm seine Haut sich anfühlt, glatt und leicht feucht.

»Sorry.«

Er schlingt die Arme um mich, und noch während ich zerknirscht auf seine Haare hinunterblicke, legt er den Kopf in den Nacken, zeigt mir ein überlegenes Lächeln und sagt:

»Ich finde alles interessant, was Sie sagen.«

Da ist nicht die Spur einer Regung. Er hat nichts gefühlt!

»Lassen Sie mich los!« Ich fange an zu zappeln und balle die Hände zu Fäusten.

»Warum?«, fragt er idiotisch lächelnd.

»Weil ich krank bin und Schmerzen habe.«

Sein Griff lockert sich ein bisschen. Er drückt das Gesicht in meinen Morgenmantel und sagt in humorvoll gedämpfter Lust:

»Nun, dann mache ich Sie wieder gesund.«

»Carlos, würden Sie mich bitte loslassen? Mein Fuß tut weh.«

Er entlässt mich aus der Umklammerung und wendet sich ab, als hätte ich ihn beleidigt. Ich gehe humpelnd auf Abstand, setze mich und lege den Fuß hoch. Bei jedem anderen Gast hätte ich angefangen zu plaudern, um die Peinlichkeit zu überspielen, aber ich kenne ihn zu gut und mache mir nicht die Mühe. Außerdem ist es gar nicht nötig; schon hämmern seine Finger auf das Klavier ein. Sehen Sie nur, wie er mich dabei anlächelt! Ich fühle mich ausgelaugt und geschlagen. Ist es schon an der Zeit, Claudi anzurufen?

Leise und halbherzig sage ich:

»Ich muss unbedingt mit dem Fischhändler telefonieren.«

»Ich kann für Sie einkaufen gehen.«

»Nein, nein«, winke ich trotzig ab, »das ist nicht nötig. Er liefert an die Haustür.«

»Dann verraten Sie mir, was Sie brauchen, und ich rufe für Sie an.« Er erhebt sich, die Rücksichtnahme und Beflissenheit in Person.

»Nein, aber Sie könnten sich das Klavier ansehen. Ich habe es vor Kurzem stimmen lassen, aber ich weiß, dass Sie über ein absolutes Gehör verfügen. Würden Sie das für mich tun, Carlos?«

Kann er diesem Appell an seine Eitelkeit widerstehen? Nein. Er merkt nicht einmal, dass die Aufgabe unter seiner Würde ist. Er dreht sich um und betrachtet das Klavier.

»Dieses Klavier?« Warum stellen die Leute solche Fragen? Ich antworte:

»Nein, das andere. Das unter der Küchenspüle.«

»Verstehe.« Er schreitet zur Tat, denn vielleicht gibt es für uns ja doch noch Hoffnung. Er nimmt abermals Platz, klappt den Deckel hoch und beugt sich mit der Sehnsucht eines ganzen Lebens über die Tasten wie über den Körper einer Frau. (Nummer 61.) Anschließend geht er mit grenzenloser Kraft und Behutsamkeit ans Werk. Oh! Oh! Schon besser. Er strahlt absolute Autorität aus und holt sich alles, was er in der letzten halben Stunde an Persönlichkeit verloren hat, im Nu zurück. Das Gefühlsbarometer steigt wieder – Hauptsache, er fängt nicht an zu singen. Zufrieden schaue ich zu, während er die Pedalen bedient, als wären es Gas und Kupplung. Das Einstecktuch leuchtet wie frisches Blut, sein Kopf ist konzentriert geneigt, plötzlich finde ich ihn geradezu hinreißend. Der Fischhändler kann warten.

Mein eigentliches Problem mit dem Kugelfisch ist, dass ich ihm die Rolle nicht abkaufe. Anderen mag er erscheinen wie die Wahrhaftigkeit in Person. Wahrscheinlich ist er in zu vielen nicht ganz erstklassigen Hotels abgestiegen, sodass sie zu seinem natürlichen Habitat geworden sind. Außerdem stand er auf zu vielen Bühnen; Männer fangen sich diese Krankheit, die Bühnitis, viel schneller ein als Frauen. Am gefährlichsten sind übrigens Männer, die einem in jeder Hinsicht ähneln. Spreche ich von Billy?

In dem Moment klingelt das Telefon. Ich zucke zusammen, fürchte ich doch, der Fischhändler könnte die Initiative ergriffen und von sich aus angerufen haben. Aber dann meldet sich Jenny. Sie ist im Studio und macht gerade eine Teepause. Sie ist im Krieg, wie ich. Sie hat sich verbrüht, am Oberschenkel! Sofort fällt mir der Gitarrist wieder ein.

»Was ist passiert?«

»Ich saß mit einem sehr faszinierenden Mann mittleren Alters am Cafétresen. Angeblich ist er ein Medium. Jedenfalls ist ein Automechaniker aus der Werkstatt nebenan reingekommen und hat sich auf den freien Platz neben mir gesetzt. Auf einmal wurde es seltsam still, wir haben beide aufgehört zu reden und ich bekam das seltsame Gefühl, dass das Medium irgendwie versucht, den Automechaniker zum Gehen zu bewegen.«

»O je.« (Der Kugelfisch klimpert auf dem Klavier.)

»Aber statt zu gehen, hat der junge Mann seinen Kaffee verschüttet – auf mich! Und der brühheiße Kaffee ist sofort durch meine hautenge Chenille-Hose gesickert. Ich habe Höllenqualen erlitten.«

»Was hast du getan? Hast du angefangen zu schreien wie ein gestochenes Schwein?«

»Nein, ich bin reglos sitzen geblieben. Irgendwie hatte das Medium mich spirituell ausgetrickst.«

»Sei nicht albern.« Das klingt gar nicht nach Jenny.

»Na ja, ich hatte irgendwie das Gefühl, dass ich in der Öffentlichkeit keine Szene machen darf. Das war mir auf einmal unheimlich wichtig. Später hat das Medium ein Taxi gerufen und mich ins Krankenhaus gebracht, um die Wunde versorgen zu lassen.«

»Wer ist er? Ein neuer Protagonist?«

»Gewissermaßen. Er ist meine Rückversicherung gegen den Gitarristen.«

»Womit du sagen willst, dass du nicht mit dem Gitarristen schlafen kannst, weil du Verbrühungen hast.«

»Nein. Der Neue soll mein Ego stärken, damit mir egal ist, was der Gitarrist tut.«

»Was hat er denn getan?« Aus dem Wohnzimmer kommt ein Hüsteln; offensichtlich belauscht der Kugelfisch uns. Er klimpert nur noch ganz leise.

»Er ist ein Monster!«, heult Jenny ins Telefon.

»Ich wusste es.«

»Er hat mich zum Mittagessen eingeladen. Ich wollte wissen, wohin wir gehen, und da meinte er: ›Ach, ich esse nicht so gern im Restaurant, die meisten sind schlecht. Ich würde gern etwas kochen, extra für dich.‹«

»Meine Güte, du bist doch nicht etwas darauf reingefallen?«

»Ehrlich gesagt ist es sehr schwer, sich in so einer Situation nicht lächerlich zu machen. Ich habe gesagt, ich hätte was gegen geschlossene Räume, woraufhin er mir vorschlug, wir könnten einfach die Fenster öffnen.«

»Er ist ehrlich, auf eine schäbige Weise. Immerhin hat er nicht gesagt: ›Okay, wir gehen ins Restaurant, aber komm doch vorher auf einen Drink in meine Wohnung‹, um dich dort mit Fleischklopsen und Reis zu überrumpeln oder irgendeinem anderen Fraß, der dich für seine grauenhaften Avancen entschädigen soll.«

Darauf können wir uns einigen. Im Wohnzimmer herrscht jetzt dröhnende Stille.

Missmutig sagt Jenny:

»Ich habe ihm strikte Anweisungen erteilt. Ich habe ihm gesagt, dass ich unbedingt richtiges Essen brauche, am besten Kartoffeln. Ich hatte gehofft, dass ihn das eine Weile beschäftigt. Aber dann kam ich dort an und er hatte keine einzige Kartoffel für mich.«

»Wahrscheinlich hält er dich für unglaublich gerissen und dachte, es wäre nur ein Vorwand.«

»Es gab Lachs aus der Dose, den er in einer Schüssel zermatscht hat, um ihn interessanter aussehen zu lassen, und dazu ein paar Salatblätter.«

»Das ist ja noch schlimmer als ein fünftklassiges Käsesandwich mit Starkbier.«

»Ich habe alles aufgegessen und ihn wirklich gehasst.«

»Sehr gut!«

»Aber dann wurde ich müde.«

»Jenny!«

»Ehrlich, ich konnte nichts dagegen tun. Ich war ja schon bei meiner Ankunft total erschöpft.«

»Und weil du ein Naturkind bist, hast du dich einfach hingelegt«, sage ich ein bisschen schnippisch.

»Ja, tatsächlich, Min, und er auch. Wir haben uns nur ein bisschen ausgeruht, Seite an Seite, wie Geschwister.«

Ich weiß, was als Nächstes kommt, und stöhne:

»Und dann hat er dich wahrscheinlich auf die Stirn geküsst, ganz nah am Haaransatz?« Schweigen in der Leitung; ich habe ins Schwarze getroffen. »Das tun sie nämlich immer. Außerdem hast du mir erzählt, dass er einen ausgeprägten Sinn für Timing hat und einfach *alles* weiß.«

»Hör mal, ich hatte mich *drei Tage lang* nach seinem Mund gesehnt! Die Situation war fatal! Min, er muss jedes Mal ein Zittern unterdrücken, wenn er mich berührt. So etwas habe ich noch nie erlebt. Und seine Lippen sind nicht flach, sondern gewölbt. Glaub mir, da besteht ein Riesenunterschied.«

Unwillkürlich lege ich mir einen Finger an den Mund. Flach oder gewölbt? Da gibt es nicht viel zu ertasten. Eine Art Schnute, und gleich dahinter die Zähne.

Müde sage ich:

»Und dann hast du wahrscheinlich mit ihm geschlafen?«

»Nein. Ich habe mich an die Kartoffeln erinnert und es abgebrochen.«

»Weil er dir keine Kartoffeln serviert hat?« Ich bin begeistert. »Was für ein hervorragender Grund!«

»Ja, aber jetzt habe ich seine nackte Brust gesehen und will ihn umso mehr.«

»Puh. Wegen seiner Brust?«

»Sie ist absolut glatt, und seine Schultern sind stark und muskulös. Und er fängt an zu beben, sobald er sich mir nähert.«

Man kann nicht viel mehr verlangen, das sehe ich ein. Widerwillig sage ich:

»Das ist ja alles schön und gut, Jenny, aber was für ein *Mensch* ist er?«

»Blitzgescheit, Pop und Cambridge in einer Person, das habe ich doch schon gesagt. Erfolg und Luxus. Er käme in jeder Lage zurecht, ohne mit der Wimper zu zucken.«

»Klingt echt schlimm.«

»Ja, aber nur fast. Weißt du, ein verdorbener Charakter zeigt sich spätestens im Bett. Aber er ist selbst beim Sex selbstlos.«

»Es ist ernst.«

»Ich weiß.«

Erschüttert lege ich auf. Den Kugelfisch habe ich vorübergehend vergessen, wie damals an dem Abend, als ich das Küchenlicht löschte, während George noch beim Essen saß. Ich habe die Tür hinter mir zugezogen, bin gedankenverloren nach oben gegangen und habe mich schlafen gelegt. Ich musste drei Monate lang dafür büßen.

Ich gehe zurück ins Wohnzimmer, aber weil ich so in Gedanken bin, vergesse ich zu humpeln. Ich beuge mich über einen längst gelesenen Brief, der auf dem Tisch herumliegt: »Spanien gefällt mir nicht mehr so gut wie früher, obwohl ich in Barcelona viel gesehen habe …«

Etwas im Zimmer bewegt sich, und ich zucke erschreckt zusammen.

»Oh, Carlos. Wie geht es Ihnen?«, frage ich zerstreut. Triefend vor Lüsternheit sagt er:

»Es tut mir leid, aber ich konnte nicht anders, als Ihre Unterhaltung zu belauschen.«

Was für eine ungelenke Eröffnung! Was fällt ihm ein? Wo ist das Palmengartenorchester? Wo sind Vicki Baum und die *Menschen im Hotel*?

»Ich habe so leise gesprochen wie möglich. Es war ein Privatgespräch.« Oh, ich vergaß, der Kugelfisch kennt keine Scham. Weil er alles mit einer ekelerregenden Beherztheit angeht, fragt er:

»Ich wusste es. Hat sie … ist sie in Schwierigkeiten?«

»Sie weiß nicht, ob sie mit einem Mann schlafen soll, der zu attraktiv ist und ihr keine Kartoffeln serviert.«

»Oha. Ein ganz gewöhnliches Problem also.«

Leicht interessiert hake ich nach:

»Wie kommen Sie darauf?«

»Ungewöhnlich wäre es, wenn die Frau nicht wüsste, dass sie den Mann attraktiv findet.«

Wieder das dröhnende Schweigen. Ich bewege mich nicht, aus Angst, eine Explosion auszulösen. Ich klebe immer noch am Tisch und starre auf den Brief. »Obwohl ich in Barcelona viel gesehen habe …«

Oh, der schlaue, alte Kugelfisch! Auf einmal erinnere ich mich an einen Abend im Restaurant, als er seine Leidenschaften aufzählte: »Frauen, meine Stimme, mein Körper, Geld, Hummer.« Wie konnte ich eine so naive und gleichzeitig so kultivierte Liste unterschätzen? Doch das Wort »Hummer« ist meine Rettung; der Fisch, natürlich! Ich brauche Fisch.

Ich gehe wortlos hinaus und wähle Claudis Nummer.

Er meldet sich so schnell, dass ich zusammenfahre. Verunsichert frage ich: »Hallo, ist da MacFisheries?«

»Ja, Madam«, antwortet Claudi mit seiner Schauspielerstimme.

»Äh, also …« Wie er in seiner Rolle aufgeht, macht mich sprachlos, und im nächsten Moment ergreift eine unerträgliche Heiterkeit meinen ganzen Körper. Ich keuche: »Nun, ich brauche …« Ich halte inne und versuche, mich an irgendeinen Fisch zu erinnern. Der Atlantik und der Pazifik sind voll davon, aber mir fällt nichts ein außer Hummer. Vollkommen ungeeignet, weil Hummer den Harnsäurepegel in meinem Pool ansteigen lassen würde. Ja, ganz offensichtlich besteht zwischen Gicht und Hummer ein Zusammenhang. Schnell, denk dir was aus! Was kommt dem Hummer am nächsten? Die Krabbe. In welcher Maßeinheit werden Krabben verkauft? Schnell! »Ich brauche eine Einheit Krabben.«

Ich bin erledigt. Ein echter Fischhändler würde jetzt etwas Bissiges entgegnen; mir wird klar, dass es so etwas wie »eine Einheit Krabben« nicht gibt. Es hatte sich schon beim Aussprechen falsch angefühlt. Claudi entgegnet freundlich:

»Gern, Madam. Gewiss doch. Darf es noch etwas sein?«

Ich krümme mich, nicht zuletzt vor Schmerzen, während das Kichern durch Ohren und Nase hinaus will. Wenn Claudi doch nur nicht so ernst wäre! Ich fühle mich hilflos wie ein Setzling, der von einem Orkan umgebogen wird. Reiß dich zusammen! Mit erstickter Stimme sage ich:

»Nein, vielen Dank. Würden Sie sie bitte in einer Stunde liefern?«

»*In einer Stunde?*«, fragt Claudi fassungslos.

Wir schweigen uns an. O Gott, er nimmt es wörtlich. Wir haben aneinander vorbeigeredet; wenn ich jetzt nicht schnell etwas sage, wird er erst in einer Stunde klingeln. So kommt es, wenn ein Mensch die ihm zugeteilte Rolle übertreibt: Er ruiniert alles. Ich versuche, ebenso überzeugend wie beiläufig zu klingen.

»Oder so schnell es geht.« Ich mache meine Sache gut; Claudi hat auf Anhieb verstanden und ich bin abermals gerettet.

»Ich eile, Madam«, sagt er ernst und legt auf.

Da erst fällt mir ein, dass ich weder meinen Namen noch meine Adresse genannt habe. Ich humpele auf meinem Gichtfuß die Treppe hinauf, stopfe mir eine Handvoll Kleidung in den Mund, werfe mich aufs Bett und winde mich unter Krämpfen.

5

Heute werde ich mit Billy zu Abend essen. George muss arbeiten, kommt aber vielleicht später dazu. Er hat die Schmollecke verlassen und sich rührend um meine Gicht gekümmert (mit der Erhaltung und täglichen Vitalisierung des Körpers kennt er sich aus), folglich geht es mir besser. Sobald man sich für eine Sache interessiert, reagiert sie mit Veränderung. Unter dem Einfluss des *Fröhlichen Hausarztes* bin ich mir aller möglichen Naturphänomene bewusst geworden, darunter Kräuter und das regnerische Wetter. Ich kann den Leuten ihre Mangelernährung von den fleckigen Gesichtern oder ihrer krummen Haltung ablesen. Giftige Beeren wachsen *überall.* Hinzu kommt mein persönlicher Aberglaube. Ich besitze einen grünen Unglücksring, womöglich ein unbewusster Auslöser für den Gichtanfall. Ich habe ihn kurzerhand im Vorgarten vergraben, und natürlich hat Claudi mich dabei erwischt. Er wollte wissen, ob ich Unkraut jäte. Seit dem unwürdigen Telefonat neulich haben wir kaum geredet. Es wirkt nach wie ein Fluch, könnte man sagen, dann wiederum ist es doch peinlich, wenn zwei erwachsene Menschen (einer davon über sechzig) sich so verhalten. Statt zu reden, starren wir einander mit tränennassen Augen an. Über dem Ring habe ich einen kleinen Holzpflock in den Boden gerammt, daran hängt ein verblichenes Rosenetikett mit der Aufschrift »mein Ring«. Claudi ist überzeugt, dass irgendein Krimineller darauf reagieren wird; er wird das Etikett lesen und den Schatz ausgraben, und dann – oh Wunder! – bin ich meine Gicht für immer los. Immer, wenn wir im Garten stehen, gibt Claudi mir einen Klaps auf den Hintern. Er stellt sich dabei ziemlich ungeschickt an und murmelt leise vor sich hin: »Also wirklich, Min.«

Heute Abend ist im Schlafzimmer alles für die *grande toilette* vorbereitet. Weil Billy meistens sehr elegant gekleidet ist, mache ich mich schick. Auf dem zerwühlten Bett liegen unzählige Tiegel mit Make-up, das ich nicht verwenden werde. Dieser Lidschatten beispielsweise – wann immer ich ihn trage, fragen mich die Leute, ob ich krank bin. Angeblich sollten Augenbrauen in die richtige Form gezupft werden, aber wenn ich Raquel frage, die sehr helle, rotblonde Augenbrauen hat, ruft sie: »Tu es nicht! Du hast ja keine Vorstellung, wie es ist, ohne Augenbrauen zu leben. Meine muss ich mir aufmalen!«

»Aber Raquel, was um aller Welt wirst du tun, wenn du eines Morgens ohne Augenbrauen neben einem Liebhaber aufwachst?« Sie schenkt mir denselben rätselhaften Blick wie immer, wenn das Gespräch auf

Männer kommt. In der frisch gebügelten Bluse, die sich perfekt an ihren Busen schmiegt, sieht sie ebenso fantastisch wie unberührbar aus. Möglicherweise ist sie frigide – aber sitzen ihre Blusen dafür nicht ein bisschen zu gut?

Die Augenfrage wäre also geklärt. Ich werde einfach ein wenig Mascara anrühren und es dabei bewenden lassen. Ich tunke das Holzbürstchen (*so* Nofretete!) in meinen frisch gemixten Whisky-Soda und hoffe, dass mir nicht im Laufe des Abends die Wimpern ausfallen. Sich anzukleiden ist eine umständliche, langweilige Angelegenheit. Ich schalte das Dritte Programm ein, und wie immer läuft ein Theaterstück aus der Arbeiterklasse. Ich schenke ihm die Sorte Aufmerksamkeit, wie sie eine Sendung verdient, die seit fünf Jahren ständig wiederholt wird.

Ich muss zugeben, das kurze Paillettenkleid ist hübsch. Es funkelt wie ein Saxophon und würde den Kugelfisch in den Wahnsinn treiben. Irgendwie habe ich den Eindruck, der Kugelfisch könnte mich, wenn ich ihm zu nah komme, buchstäblich erdrücken. Was, was, was will er nur von mir? Und warum begehre ich ihn nicht, obwohl er so groß und verlockend und selbstsicher ist? Billy ist kaum einen halben Kopf größer als ich, aber er braucht nur mit den Fingern zu schnipsen, und schon hat er meine volle Aufmerksamkeit. Er ist so lustig und so ernst. Ganz selten, wenn wir beim Abendessen zu viel getrunken haben, nimmt er meine Hand, hält sie fest und drückt sanft zu, was unbeschreiblich wohltuend ist und fast unmöglich zu beenden.

Sollte ich auf eine Strumpfhose verzichten und die nahezu unsichtbaren, leicht ordinären Sandaletten mit Strassbesatz tragen? Ja, denn im Windschatten von Billys seriös dunklem Anzug werden sie so angemessen erscheinen wie Funktionskleidung. Wobei sie stark glitzern und ich sie, wenn ich allein auf der Straße unterwegs bin, vermutlich ausziehen und barfuß gehen muss.

Verdammt. Das Lipgloss geht zur Neige, was bedeutet, dass demnächst ein Ausflug zu Woolworth fällig wird. Und ich muss morgen arbeiten.

Noch etwas zu Billy: Seine Einstellung zu Sex ist recht aristokratisch, er versteht etwas davon und weiß Sex zu schätzen. Er lässt zu, dass ich die Männer im Stundentakt schlechtmache. Außerdem wäre er fähig, einen anderen Menschen jahrelang zu lieben. Oder ist er schon viel zu lange Junggeselle? Um es zusammenzufassen: Bei ihm fühle ich mich ungezwungen, während ich im Beisein des K. verkrampfe und mich in ein Nervenbündel verwandle. Ich ahne, dass einer der beiden Männer ein guter Liebhaber ist – aber welcher? Man kann es einem Menschen nicht ansehen, denn die relevanten Informationen sind hermetisch verschlossen in seinen Sinnen, seiner Fantasie, seinem Mut und seiner Reaktion auf mich. Was wäre London ohne seine brillanten Männer mittleren Alters? Leer und trostlos.

Puder! Kritisch mustere ich mein Gesicht im Spiegel. Autsch. Wieder meine ich, Raquels Stimme zu hören: »Also, ich trage Puder ja immer gegen den Strich auf.« Was soll das bedeuten? Von unten nach oben wahrscheinlich. Ich pudere mein Gesicht von unten nach oben. Wie weise die anderen Frauen sind; was für ein unergründliches Leben sie führen. Ich stäube mir immer so viel Puder wie möglich auf die Nase, und fertig. (Lüge.) Jenny wiederum torkelt von einer Situation in die nächste und ist meistens zu beschäftigt, um das ganze Make-up auf einmal in Angriff zu nehmen. Sie sagt immer: »Man sollte den Leuten ohnehin nicht zu genau ins Gesicht sehen. Betrachte es einfach als einen fortwährenden Prozess.«

Ja, das stimmt. Heute Abend schimmere ich wie Luzifer, und der schwarze trägerlose BH – die Stoff gewordene Liederlichkeit – sitzt wie angegossen. Fast hätte ich Lust, so vor die Tür zu gehen und London in Schutt und Asche zu legen. In meinem köchelnden Übermut verwende ich eine weitere Dreiviertelstunde auf Verschönerungsmaßnahmen. Wozu wäre ich nicht imstande? Moment, kurz noch mit dem nassen Parfumstöpsel über die Armbeugen gefahren, und dann … wie ärgerlich. In meiner Siegesgewissheit übertreibe ich, und am Ende wird meine Haut darunter leiden. Ich versuche, einen kühlen, klaren Gedanken zu fassen, und auch das gelingt mir. Du liebe Güte, wie weltgewandt ich bin! Ich bin so kultiviert, als hätte man mich vor dem Servieren in klassisch französischen Ennui getunkt und ausgebacken.

»Billy! Wie gut du aussiehst. So gut, das schwöre ich!«

»Du bist auch hübsch, Min.«

»Zum Glück. Eine Stunde lang habe ich mich abgemüht und Schicht um Schicht aufgetragen und wieder abgekratzt. Weißt du, Billy, unglücklich zu sein ist sehr schlecht für das Gesicht, denn dann sitzen die Züge nicht mehr richtig. Als George mich letzte Woche angegiftet hat, ist meine Nase entgleist.«

»Ich dachte, dein Fuß?«

»Du darfst mich nicht vor halb elf zum Lachen bringen!«

»Warum erst dann?«

»Weil du mich nach dem Essen mögen wirst und es dann keine Rolle mehr spielt, ob ich gackere.«

»Oh, doch! Es wird mir sofort negativ auffallen. Abgesehen davon mag ich dich jetzt schon.«

Billy ist zu vernünftig, um auf ein solches Kompliment eine zärtliche Berührung folgen zu lassen. Er weiß, was ich zu diesem Zeitpunkt entgegnen würde: »Fass mich nicht an!« Wer halb elf sagt, meint halb elf.

Ein paar Sekunden, nachdem wir uns im Restaurant an den Tisch gesetzt haben, ist es Billys Tisch, selbst unsere Ecke ist besser als die anderen Ecken – roter und schummriger, womit ich vielleicht *wohlhabender* meine. Wobei Billy nicht gerade reich ist. Oh, da fällt mir etwas ein: Vor Jahren war er verheiratet, aber nun ist er geschieden. Was ihn im Grunde weniger attraktiv macht, sorgen Narben doch meistens dafür, dass die Menschen sich verhärten. Vielleicht könnte ich, um damit zurechtzukommen, selbst ein bisschen härter werden? Während ich über unsere Ecke des Restaurants nachdenke, fällt mir ein Witz ein, den Claudi einmal über die Londoner Außenbezirke gemacht hat: »Mein Gott, gibt es etwas Fremderes und Traurigeres als die Straßenecken anderer Leute? Die uns bekannten sind hingegen interessant und niemals langweilig, und von ihnen gehen ausschließlich nützliche Straßen ab.« Ich erzähle es Billy, und er sagt:

»Ja, das stimmt. Du weißt, worin Claudis Geheimnis besteht, oder? Er hat noch nie eine Mahlzeit ausgelassen oder sich einen Feind gemacht.«

»Oh, Billy! Das ist ja fast ein vernichtendes Urteil!«

»Wohl kaum. Nicht alle haben so viel Hochachtung vor dem Exzess wie du und ich. Die meisten Leute wären von Claudis Selbstbeherrschung schwer beeindruckt.«

Auf einmal habe ich eine Vision von Claudi mit Fischhändlermiene, wie er hinterlistig sagt: »Ja, Madam, nein, Madam, drei Tüten voll, Madam.«

»Ich halte ihn nicht für sehr beherrscht.«

»Was nur daran liegt, dass er eine Schwäche für dich hat.«

»Verleite ich ihn zu schlechtem Benehmen?«

»Oh, ja, und wie.«

Zufrieden esse ich meinen Parmaschinken und lächele Billy dabei an. Er sieht von einem kleinen, braunen Töpfchen auf und lächelt zurück, ohne seine Vorspeise komplett aus den Augen zu lassen. Claudi ist nicht der Einzige, der keine Mahlzeit auslässt. Trotzdem scheinen Billys Scheidung und seine guten Gewohnheiten nichts mit seiner Persönlichkeit zu tun zu haben; sie sind Dreingaben, keine Spiegel.

»Billy, versteckt sich irgendwo in deinem Unbewussten das Bild einer Frau mit wohlgeformten, drallen Schenkeln? Falls ja, möchte ich es *sofort* wissen.«

Billy überlegt kurz, dann richtet er den Blick auf einen Punkt über meinem Kopf und kneift die Augen zusammen. Schließlich antwortet er wahrheitsgemäß:

»Ich glaube nicht.«

Ich bin beeindruckt.

»Sagst du eigentlich immer die Wahrheit?«

Er ist schockiert: »Oh, nein, natürlich nicht. Weißt du, manchmal muss man im Leben ein bisschen mogeln.«

»Aber die anderen behaupten ständig, ich müsse mich an dic Chronologie und an die Fakten halten.«

»Ein schlechter Rat. Das wäre doch sinnlos. Sich an die Fakten zu halten, macht die Leute krank, manche sterben sogar daran.«

»Aber was ist mit der Wahrheit?«

»Man sollte so oft wie möglich die Wahrheit sagen, weil es ein großes Vergnügen ist. Aber natürlich muss man manchmal auch lügen. So bleibt man im Gleichgewicht.«

»Das ist fadenscheinig.«

»Ja, ein bisschen. Aber ich hasse Menschen, die von sich behaupten, sie wären gnadenlos direkt. Wenn jemand das zu mir sagt, stehe ich auf und setze mich woanders hin, denn sonst bekomme ich womöglich etwas über mich zu hören, das ich nicht hören will.«

»Ich hasse Männer, die Frauen einladen und dann nichts zu essen für sie haben. Meine Kollegin aus dem Tonstudio hat gerade so einen kennengelernt. Für gewöhnlich sind diese Leute eher dick, essen selbst aber sehr wenig.«

»Nun, ich bin dick, und ich esse jede Menge.« Heute Abend ist Billy wirklich charmant.

»Du bist schön und sehr begehrenswert.«

»Einem Mann sollte man sagen, er sei gutaussehend.«

»Bei dir fühle ich mich sicher.«

»O je. Das war nie meine Absicht.«

Unser Gelächter unterspült alles wie eine sanfte Strömung. Billy legt die Hände in den Schoß, als hätte ich ihn zurückgewiesen und sie von mir geschoben. Ich sage:

»Damit meinte ich, dass du stabile Wertvorstellungen hast, und das erinnert mich an meine Kindheit.«

»Min, das ist ja rührend.« Sein Blick wird weich.

»Und dass du gut aussiehst, habe ich dir heute Abend schon gesagt, werde also bitte nicht gierig.

Übrigens, brauchst du nicht einen Spatel, um dieses Töpfchen auszukratzen?«

»Ich glaube, der Löffel hier ist so eine Art Spatel. Bitte, iss die Oliven, sonst komme ich mir vor wie einer deiner bösen Männer, die dich nicht füttern.«

»Ich habe keine Männer. Ich weiß nur von einem.«

»Einer sollte reichen. Wenn er der Richtige ist.«

Ich beschließe, ihn in Verlegenheit zu bringen, teils aus ernsteren Gründen und teils zum Spaß. Mit einem fast hinterhältigen Lächeln sage ich:

»Ja, aber er ist nie der Richtige, oder?«

Billy sieht mich an, als wollte er mich küssen, doch in dem Moment schiebt sich der Kellner zwischen uns und wir müssen aufhören. Ich werde nie erfahren, was er geantwortet hätte. Ich habe mich oft gefragt, wie es wäre, von Billy geküsst zu werden. Ich flirte ganz automatisch mit ihm, was aber den Abstand zwischen uns nur zu vergrößern scheint. Offensichtlich hat er gerade dasselbe gedacht, denn plötzlich fragt er:

»Du bist doch nicht etwa verliebt in den Ku… in Fafner, oder?«

»Billy! Jetzt fang du nicht auch noch damit an! Bist du verrückt geworden? Hast du den Verstand verloren?«

»Na ja, du sprichst sehr viel von ihm.«

»Weil ich ihn unerträglich finde! Billy, du bist meine Basis, meine Festung, also erzähle ich dir natürlich alles. Langweile ich dich?«

»Nein. Ich fühle mich wie in der Schule, bloß dass wir jetzt Champagner trinken.«

»Dann bekommen wir also beide ein Stück unserer Kindheit … oh, wie fad!«

Billy schaut zufrieden auf seine Seezunge nach Hausfrauenart hinunter und versucht, die Unzulänglichkeiten der englischen Küche auszugleichen, indem er zu ihr sagt:

»Ja, ziemlich fad, aber so mögen es die Engländer nun mal. In Neapel heißt es: Morgen fängt das Leben an. So oder so muss man nie im Hier und Jetzt leben.«

»Aber genau das möchte ich!«, rufe ich, und fast klingt es nach einem Japsen.

Billy sieht mich an. Seine Augen und seine Haare erinnern an dunklen Bernstein und seine Haut wirkt rosig, fast wie geröstet. Er riecht köstlich.

»Ich auch«, sagt er mir mitten ins Gesicht.

Plim-Plam sitzt zwischen Raquel und mir. Wir lauschen einer alten Grammophonaufnahme von Schaljapin. Die Katze erträgt den Krach, weil Claudi ausgegangen ist und sie nichts Besseres zu tun hat. Raquel bestaunt Schaljapins birnenförmigen Kopf auf der Plattenhülle. Ich weide mich an seinem Anblick und bin so entsetzt und fasziniert wie sie. Zum Zeitpunkt der Aufnahme hatte seine Stimme ihren Zenit schon überschritten, was seiner Ausstrahlung aber nur zuträglich ist – denken Sie sich den Rest.

»Raquel, was meinst du, war er ein Herzensbrecher?« Die Frage ist hinterlistig. Eigentlich will ich herausfinden, ob *sie* eine Herzensbrecherin ist.

»Nun, er scheint vor Kraft zu strotzen …«

»Ja, aber seine Schultern wirken irgendwie schief. An eine so schiefe Schulter könnte man sich niemals anlehnen. Man würde abrutschen und sich in Australien wiederfinden.«

»Das eine hat doch mit dem anderen nichts zu tun«, sagt Raquel streng. »Wenn er insgesamt gut gebaut ist …«

»Und wie ihm das Haar vom Hinterkopf absteht. Er sieht aus wie ein Soufflé. Nein, der wäre nichts für mich.«

»Er hat dich doch gar nicht gefragt.« Sie klingt immer noch streng; anscheinend hat sie es sich zur Aufgabe gemacht, die Genies dieser Welt vor mir zu beschützen. Warum? Ich bin fest entschlossen, hinter ihr Geheimnis zu kommen.

»Muss eine Frau denn immer erst gefragt werden, Raquel?«

Sie feilt sich die Nägel, neben ihr liegt ein loser Haufen Skizzen in blauer Tinte. Natürlich wird sie die alle noch ausarbeiten. Ach, sie ist immer so ausgeglichen und spießig, dass mir die Galle hochkommt. Sie ist die Sorte Frau, die ihren Gästen ein Zimmer mit Flutlicht zuweist, und zwar absichtlich. Auf meine Frage antwortet sie nur, weil sie es gewohnt ist, auf jede Frage zu antworten, egal ob sie »Kannst du mir die Funktion dieser Nische erklären?« oder »Muss eine Frau denn immer erst gefragt werden?« lautet.

»Man merkt es doch, wenn man die Sache selbst in die Hand nehmen muss.« Was für eine Antwort! Erstaunt frage ich:

»Wirklich, Raquel? Ich nicht. Ich merke nie etwas.«

»Weil du immerzu mit dir selbst beschäftigt bist. Du müsstest einfach nur ein bisschen empfänglicher sein.«

Ich hatte recht: Sie ist und bleibt ein Rätsel. Wahrscheinlich ist sie die empfänglichste Frau in ganz London. Ich sollte aufpassen. Da kommt mir eine Idee: Ich werde sie mit dem Kugelfisch verkuppeln! Die beiden sind wie füreinander geschaffen. Er strotzt vor Kraft, und ich hege keinen Zweifel, dass er »insgesamt gut gebaut« ist. Tief in meinem Herzen bin ich natürlich überzeugt, dass der K. sie verabscheuen wird. Er wird ihre rotblonden Wimpern sehen und die Flucht ergreifen. Für ihn ist sie wahrscheinlich nicht mal eine Zwei. Mir kommen alle möglichen Anzüglichkeiten in den Sinn, und probehalber sage ich:

»Glaubst du, wir alle werden immer unmoralischer?« Um ihr Vertrauen zu gewinnen, spreche ich mit meiner Klosterstimme.

Und wieder antwortet sie! Wirklich, ich schäme mich fast für sie, weil sie nicht verschlagener ist.

»Nun, ich glaube, dass einige Frauen den Fleischpreis in den letzten Jahren durch ihre Rücksichtslosigkeit gedrückt haben.«

Der alte Trick! Wer hätte das gedacht? »Der Fleischpreis« – was für ein Ausdruck. Niemand braucht in eine Buchhandlung zu laufen und auf der Suche nach der zeitgenössischen Moral in irgendwelchen Penguin-Ausgaben zu blättern; einfach nur Raquel fragen! Die Leute sollten ihr Liebesleben aufschreiben und Raquel schicken, damit sie es umgestalten kann. Ich strecke den Zeh mit der Gicht, die sich seit dem Abendessen mit Billy verschlimmert hat, und mache mir Gedanken zum Fleischpreis.

»Und wie hält man den Preis hoch, Raquel?«

Sie wirkt sehr zufrieden; ganz offensichtlich ist ihr Fleisch derzeit in Gold aufzuwiegen. Meins nicht, also lausche ich bescheiden.

»Durch den Instinkt. Durch Weisheit. Man lernt, wählerisch zu sein.«

Ihre Plattitüden enttäuschen mich. Gelangweilt wende ich mich der Katze zu.

»Die arme Plim wird niemals wählerisch sein. Obwohl sie neulich abends jodelnd unter einem Auto saß. Vielleicht tut sich unter dem dicken Fell ja doch irgendwas. Ich habe ihr die Milch gegeben, in der ich heute den Schellfisch gekocht habe. Vielleicht hat die Fischmilch sie betrunken gemacht? Wie seltsam, wenn der kleine Hauslöwe beim Flirten nach Fisch riecht.«

Es klingelt. Sechs Uhr, zu früh für George. Ohne nachzudenken stehe ich auf und öffne die Haustür, und hereinkommt – der Kugelfisch. Verdammt, verdammt, ich bin noch nicht bereit, ich habe die Gicht! Was fällt ihm ein, ohne Anmeldung hier aufzutauchen? Ich werde wütend auf mich, ihn und Raquel. Die Zunge klebt mir am Gaumen, und mühsam bringe ich heraus:

»Aber ich dachte, Sie wären in … in Bayreuth?«

6

Wenn Sie uns drei nur sehen könnten, wie wir im Wohnzimmer herumsitzen! Ein jeder posiert und scheint auf sein Stichwort zu warten – ein Abend im Covent Garden ist nichts dagegen. Der K. streift einen Lampenschirm mit dem Hintern, bevor er sich genau in der Mitte niederlässt und erst Raquel anlächelt und dann mich. Er trägt einen riesigen, verschwitzten Djagilew-Mantel, gefüttert mit – ich schwöre! – *rotem Pelz.* Ja, der durchweichte Regenschirm ist auch wieder dabei und dient ihm als drittes Bein, daneben steht sein Gepäck, eine Art Arztkoffer aus gewachstem Leder mit mehreren, irgendwie medizinisch wirkenden Beulen.

Raquel saugt seinen Anblick auf; Schaljapin, wie er leibt und lebt. Wird sie ihm schöne Augen machen? Nein, plötzlich wirkt sie entspannter und erwachsener denn je. Sie zupft sogar an ihrem Rock, damit er verrutscht und ein wenig mehr Bein freigibt. Das gefällt mir gar nicht. Ich fühle mich im Nachteil und humpele plaudernd herum wie die überflüssige Dritte.

Anscheinend wähnt der K. sich immer noch auf Reisen. »Ah!«, sagt er ein paar Mal, dann öffnet er die Arzttasche und holt eine Thermosflasche heraus. Ich halte verdutzt inne und gestikuliere in absoluter Abscheu.

»Was ist da drin, Carlos?«

»Suppe.«

Raquel murmelt so laut, dass man es bis zum Crystal Palace hören könnte:

»O je, der arme Mann.«

Prompt beginnen die Augen und die Zähne des K. zu funkeln. Ich spüre ein wütendes Pulsieren in meinem Zeh und sage in kühlem Tonfall:

»Was an ihm ist arm? Er war gerade auf großer Tournee und hat ganz Europa verwüstet.«

Raquel ist schlau genug, sich auf die Zunge zu beißen und so lange den Teppich anzustarren, bis der Eindruck entsteht, ich hätte sie gekränkt.

Der K. kann von dieser Szene natürlich nicht genug bekommen. Nachdem er sie mit funkelnden Blicken abgetastet hat, macht er sich daran, den Deckel von der Thermoskanne zu schrauben.

»Carlos«, sage ich, »Sie wollen doch nicht etwa in meinem Wohnzimmer Ihre stinkende alte Suppe trinken?«

Er hält inne, den Deckel in der einen und die volle Thermoskanne in der anderen Hand. Er versucht, möglichst bemitleidenswert auszusehen, wirkt aber nur idiotisch. Berechnend poltert er (kein erfolgreicher Mann jenseits der Fünfunddreißig poltert):

»Ja, aber wo denn sonst?«

Die (unter Mauerwerk und Vorhangleisten verschüttete) Frau in Raquel steht sofort vom Sofa auf und macht eine unfreiwillig einladende Bewegung, als wollte sie ihn bitten, sich neben ihre Skizzen zu legen, wo sie ihn wärmen, trösten und belehren wird, *ad nauseam*. Sie sagt:

»Nach der langen Reise sind Sie bestimmt völlig *durchgefroren*.«

Eben noch wollte der K. den Impresariomantel ablegen, um sich voll und ganz der Suppe zu widmen, aber nun hat er seine Meinung geändert und behält ihn an.

»In diesem sibirischen Bärenkostüm? Wohl kaum«, sage ich schnippisch. »Hier drinnen ist es so warm wie in einem Backofen, oder, Carlos?«

Mit dem »oder, Carlos?« fordere ich seinen Widerspruch heraus. Ganz kurz schwankt er zwischen uns beiden, dann begnügt er sich mit einem ausdrucksstarken »Alsoooo …« (Die unbeschreiblich eklige Thermosflasche hält er immer noch in der Hand.)

»Es ist August.« Meine feste Stimme und mein fester Blick sind eine Warnung: Wenn er noch einen Schritt weitergeht, mache ich ihm die Hölle heiß.

»Das stimmt nicht ganz«, sagt Raquel lachend. »Heute ist der 1. September.«

Ich drehe mich zu ihr um. Wie ist sie überhaupt hereingekommen? Eigentlich kenne ich keine Leute, die das Datum wissen. Am besten verstehe ich mich mit jenen, die wie ich ständig überfordert sind. Beim Gedanken an meine Überforderung fühle ich mich doppelt so überfordert wie vor zwei Minuten. Ich lasse mich stöhnend niedersinken und spiele die introvertierte Leberwurst. Na gut, Raquel, du hast gewonnen! Aber ich weiß jetzt, was mit dir nicht stimmt: Du hast keine Neurose und auch kein anderes Problem.

Freundlich fragt sie:

»Ist es der Fuß?« (Ich vergaß zu erwähnen, dass Raquels makellose, blassrosa Wangen aus ihrem Gesicht herausragen wie zwei glasierte Semmeln; sie wirkt geradezu dramatisch gesund.)

»Ja, es ist der Fuß.« (Wie kannst du es wagen, mich zu befrauen.) [Noch dazu in meinem eigenen Zuhause.]

»Zwickt es?«

»Es zwickt höllisch.«

»So ein Pech«, mischt sich der K. ein. Eine typische Kugelfischphrase, ein Ausdruck geheuchelter Anteilnahme, der eigentlich nur einleiten soll, was ihn wirklich beschäftigt. Nachdenklich ergänzt er:

»Ich war bei Fürst Jussupows Beerdigung in Paris … auf meiner Rückreise.«

»Wie interessant!« (Das war Raquel.)

»Ja, in der Tat. Aber der Tag war sehr feucht und düster und hat meinen Katarrh verschlimmert.«

»Mehr haben Sie über die Beerdigung von Rasputins Mörder nicht zu sagen?« (Das war ich, in beißendem Spott. Glücklicherweise habe ich am Freitag den Nachruf in der *Times* gelesen und kann mitreden.)

»Ich weiß, ich weiß«, sagt der K. schnell, denn er schlägt sich immer auf die Seite des konventionellen Gefühls. Aus Respekt vor der Weltgeschichte legt er eine kleine Schweigepause ein, dann geht es blitzschnell zurück zu seinem Katarrh: »Ich muss unbedingt etwas wegen meiner Nasennebenhöhlen unternehmen. Ich kann da keine Blockaden riskieren.« Schon wieder blockiert!

Er zieht den Stopfen aus der Thermosflasche, schenkt sich beherzt ein und trinkt. Tomatensuppe. Ich schweige verbissen und warte auf das nächste »Der arme Mann!« von Raquel.

Dem K. entweicht eine Art Glucksen, und nach ein paar neckischen Blicken in meine Richtung sagt er demonstrativ niedlich:

»Sie sind mir doch hoffentlich nicht böse.«

»Erzählen Sie mehr von Ihrem Katarrh.«

»Min!« Raquel ist empört. »Er hatte ja nicht einmal Gelegenheit, den Mantel abzulegen!«

»Jetzt soll er sich auch noch ausziehen? Vor einer Minute hast du noch behauptet, er sei durchgefroren!«

»Nun, ich ziehe mich gern aus, wenn es das ist, was Sie wünschen.«

In einer geübten Bewegung lässt er sich den Mantel von den Schultern gleiten. Gäbe es einen Männerstriptease, würde er genau so beginnen – mit einem roten Pelzmantel. Bis auf den Anzug entblättert sieht er uns an. Raquel wirkt ein bisschen benebelt, aber immer noch nonnenhaft keusch. Wird sie ihre Männer, bevor sie das Gelübde ablegt, in einer Männerbank deponieren?

Plötzlich dreht er sich zu mir um und sagt in vertraulichem Ton:

»Ich habe sehr oft an Sie gedacht.«

Er flirtet in Raquels Beisein mit mir! Das ist doch ebenso unmoralisch wie ein Flirt mit einer Person, mit der man gerade geschlafen hat. Aber statt es wie eine ungehobelte, gichtkranke Rundfunkangestellte mit einem »Ach ja?« abzutun, höre ich mich säuseln:

»Wirklich, Carlos?«

»Ja.« Er nickt mir über Raquels Kopf hinweg zu, als wäre sie gar nicht da. Sie rührt sich nicht, und er fährt fort:

»Ich habe zwei Karten für *Falstaff* am übernächsten Mittwoch. Werden Sie mich begleiten?«

Normalerweise würde ich jetzt aufstehen, zu meinem Kalender gehen, herumdrucksen, mich fragen, ob ich einen ganzen Abend in seiner Begleitung aushalten kann, und dann antworten: »Nein, ich muss arbeiten.« Aber irgendwie hat Raquels Anwesenheit einen stimulierenden Effekt. Ich kann förmlich spüren, wie der Fleischpreis auf und nieder schwankt. Billys ruhige Stimme schafft es nicht, die tiefe Männerstille, die der K. verströmt, zu durchdringen. Er bräuchte nur mit den Fingern zu schnipsen, und Raquel würde das glänzende, rotblonde Haupt an seine Brust legen und sich erdrücken lassen. Sie bettelt ihn förmlich an, sie grün und blau zu quetschen. Auf einmal fürchte ich, er könnte, wenn ich ablehne, sie fragen; sie würde ja sagen, und dann würden die beiden ...

Mit einer Vehemenz, die beide überrascht, springe ich auf und rufe:

»Ja, schon gut! Ich komme mit!«

»*Schön.*« Der K. steht unvermittelt auf, als wäre nun alles Geschäftliche geklärt. Eilig und mit konzentriertem Blick sammelt er seine Habseligkeiten zusammen, beugt sich für eine halbe Sekunde über Raquel und schenkt mir ein honigsüßes Lächeln, und dann ist er schon zur Haustür hinaus, ein Ausbund an Macht, Kosmopolitentum und entfesselter Lust. Trotzdem. Wenn man eine Verführung plant, ist *Falstaff* eine miserable Wahl. Viel zu clever. Immerhin hat er es nicht mit *Fidelio* versucht.

Am Samstag, nachdem ich in die Falle des Kugelfischs getappt bin, laufe ich immer noch wütend durchs Haus und gehe Situationen mit ihm durch. Ich habe mich entschieden, ebenso höflich wie gemein zu sein und nach Essen *in beiden Pausen* zu verlangen. Keine Frage, der K. plant, mich mit Musik und Schnaps zu erweichen, damit ich den Abend als menschliches Kartoffelpüree beende, das er nur noch auflöffeln muss. Ich sehe ein, dass Leute mit einem Talent für das Naheliegende als Sieger durchs Leben gehen. Tja, aber diesmal nicht! Ich suche einen alten, benutzten Umschlag heraus, das ideale Papier für eine Nachricht an ihn. Ich schreibe: »Carlos, in der ersten Pause hätte ich gern Salat mit Hühnchenbrust, dünn geschnittenes Schwarzbrot mit Butter und einen guten elsässischen Wein und in der zweiten Pause frischen Obstsalat mit echter Schlagsahne, Petits Fours und Mokka.« Das sollte reichen, seinen Verstand auf Trab zu bringen und seine Brieftasche zu leeren. Zudem werde ich auf meinem Gichtfuß durch die Oper stampfen. Wie verführerisch!

Es klingelt an der Tür, was ich ignoriere. Seit K.s Falle spiele ich die Ausgegangene. Es klingelt wieder, länger diesmal. Ich gehe seelenruhig ins Badezimmer und wasche mir die Hände. Doch als das Seifenwasser im Ausguss verschwindet, fällt mir ein, dass das Abflussrohr in ein rechteckiges Bodengitter gleich neben der Haustür mündet; wer immer dort steht, wird dasselbe Wasser gurgelnd abfließen sehen und sich denken, dass – ja, tatsächlich, schon scheppert die Briefklappe vor Ungeduld. Zu hektisch für den K. Es könnte Claudi sein. Ganz bestimmt keine Frau, die würde nicht so entschlossen rütteln – oder vielleicht doch? Eine Frau über fünfzig mit großer Lackledershandtasche und viertausend im Jahr.

Aus reiner Vorsicht habe ich das Gästezimmerfenster über der Haustür offen stehen lassen. Ich schleiche hin und werfe einen schnellen Blick nach unten. Verdammt! Nicht schnell genug. Ein Mann, Claudi nicht unähnlich, legt den Kopf in den Nacken und fragt:

»Frau Soundso?«

Ich runzele die Stirn. Jener Teil meines Lebens, der mit Frau Soundso in Verbindung steht, bräuchte etwas mehr Pflege.

»Ja.«

»Ich habe hier ein Bild für Sie.«

»Ich habe keins gekauft.« Sehr entschlossen!

»Ich weiß. Es handelt sich um ein Geschenk von Carlos Hamburger. Lassen Sie mich herein?«

Ein weiteres Geschenk vom K.! Vermutlich ist er krank. Erst der D'Annunzio, den er vielleicht von einer Tante geerbt hat. Aber jetzt ein Gemälde? Mein erster Impuls ist, es auf der Stelle zurückzuschicken. Das mit dem auf benutztem Umschlagpapier bestellten Hühnerbrustsalat war wohl nichts. Der K. macht mir teure, überraschende Geschenke. Er entwaffnet mich. Er macht sich tatsächlich Gedanken darüber, was mir gefallen könnte, sehr untypisch für ihn. Trotzdem hätte ich eine Grammophonplatte bevorzugt. Das müsste er doch eigentlich wissen. Aber natürlich weiß er das! Er schenkt mir etwas, das ich nicht unbedingt haben möchte, damit ich mich unwohl fühle und nicht selbstbewusst irgendwelche Essensbestellungen aufgebe. Ich fühle mich ernsthaft geschwächt und aus dem Gleichgewicht gebracht, fast schon dem Schachmatt nahe. Ich ahne, dass die *Falstaff*-Pausen nun doch mit Schnaps bestritten werden. Ich spiele auf Zeit und sage zu dem emporgekehrten Gesicht:

»Tja, leider habe ich derzeit Probleme mit dem Fuß …«

Anscheinend hat er Erfahrung mit Leuten, die Gemälde verweigern, denn ohne lange zu überlegen sagt er:

»Nun, dann könnte ich es Ihnen ja vielleicht anreichen? So müssen Sie nicht runterkommen. Es ist nicht sehr schwer.«

Wie einfallsreich manche Menschen sind. Es macht mich wütend. Dieser Mann fällt definitiv in die Kategorie von Claudi. Schon zerrt er die Mülltonne am Erdgeschossfenster vorbei, als hätte er nie etwas anderes gemacht. Und jeder weiß, wie furchtbar Mülltonnen auf Asphalt klingen – schrapp, schrapp. Da, er hat sie in Position gebracht, und dann klettert er darauf wie Charlie Chaplin. Eine typische Kugelfischsituation. Roter Pelz, Suppe, Katarrhe und scharrende Mülltonnen.

»Kommen Sie ran?«

So langsam verdirbt er mir die Laune. Und da ist ja auch schon Claudi! Er möchte helfen. Mein Gott, die beiden sehen aus wie zwei fitte, grauhaarige Clowns. Claudi sagt:

»Was für ein schönes Bild. Darf ich mal sehen?«

»Nein, mein Lieber, ich kenne es ja selbst noch nicht.«

Ich beuge mich hinunter, mein Gegner streckt sich, und gerade, als ich zupacke, sagt er:

»Oh, Vorsicht! Manche Stellen sind noch nass.«

Er weist mich zurecht! Und meine Hände sind mit dunkelblauer Farbe beschmiert. O je. Sie wird sich in den Falten absetzen, und meine Nägel werden aussehen wie die von Claudi nach der Gartenarbeit. Was hat die Leinwand noch zu bieten? Einen roten Streifen, ebenfalls noch nass. Das Bild fühlt sich an wie eine gründlich angeleckte Briefmarke oder ein Fliegenpapier. Soll ich es einfach wieder runterreichen? Er könnte es Claudi geben, und dann wären wir alle beschmutzt. Kein Wunder, dass die Leute die Kunst hassen, vor allem nasse Gemälde und summende Baritone. Dort unten wird ein entzücktes Freudengeheul erwartet; der Mann hält den Kopf leicht geneigt, um es mit dem linken Ohr aufzufangen. Ich habe vor, ihn zu enttäuschen. Ich lasse mich von Kunsthändlern auf Mülltonnen nicht zu Freudengeheul hinreißen, vor allem, wo ich doch eigentlich gar nicht zu Hause bin. Ruhig frage ich:

»Hat es keinen Rahmen?«

»Einen Rahmen? Nein!« Der Punkt geht an mich, und da fällt mir etwas noch Besseres ein. Doch bevor ich es ausspreche, muss ich mir durch die Haare fahren und ein Gähnen unterdrücken wie eine kleine, verwöhnte Hausfrau, die nicht ohne Peppermint Creams durch den Vormittag kommt. Bereit? Ich sage:

»Es sieht teuer aus.«

Statt zu antworten, klettert der Mann von der Mülltonne herunter. Er wirkt mutlos und geschrumpft. (Ist es zu glauben!) Ich beuge mich lächelnd aus dem Fenster; ich *muss* lächeln, weil ich dunkelblaue Farbe in den Haaren habe. Ich schwanke zwischen »Ich bin *wirklich* begeistert« und »Es ist ganz gut«, kann aber nicht entscheiden, welcher Satz der dümmere ist, also sage ich:

»Wie nett von Ihnen, es vorbeizubringen.«

Er ist absolut humorlos; keine Ahnung, warum ich mir die Mühe mache, ihn aufzumuntern. Warum nötigen Kunsthändler die Leute zu so extremem Verhalten? Ab fünfzig muss man wahrscheinlich alles ernst nehmen und wird zum Idioten. Wie altmodisch.

Da geht er dahin, der kleine Banause, die Schultern mürrisch hochgezogen, wie um Schläge abzuwehren. Dann wiederum scheint er nicht allzu viele Schläge einstecken zu müssen; er ist teuer gekleidet, und wenn er Menschen wie dem Kugelfisch Geld für ein nasses, dunkelblaues Gemälde abknöpfen kann, scheint es ihm nicht allzu schlecht zu gehen.

Claudi ist begeistert. Seine Augen glühen wie Wunderkerzen. In schmeichlerischem Ton fragt er:

»Willst du mich nicht hereinlassen, Schätzchen? Nun, da du meinen Doppelgänger abgeschüttelt hast?«

»Dann hast du es also auch bemerkt!«

»Ich bemerke alles, meine Liebe.«

»Ich bin nicht in der Stimmung für ›meine Liebe‹. Ich schwebe in Gefahr.«

»Schon wieder? Das ist hier der erotischste Haushalt von ganz London. Eine echte *maison française*.«

Ohne Vorwarnung platzt es aus mir heraus:

»Oh, Claudi, wie kannst du so was sagen? Wenn du wüsstest, was ich heute Morgen in mein Tagebuch geschrieben habe, täte es dir leid. Mein Gott, ich fühle mich so elend und frustriert, am liebsten würde ich mich in ein lausiges altes Beckett-Gedicht legen und verfaulen. Ich hasse Männer. Sie sind gar keine Männer!«

Claudi tritt unter das Fenster, reißt die Augen auf, knipst das Glühen aus und lässt sie stattdessen sehr blau und nass aussehen.

»Liebes, wenn du nur wüsstest, wie Männer von Frauen hintergangen werden!«

»Ha, ha.«

»Sie tropfen sich sogar Tollkirsche in die Augen, damit die Pupillen sich weiten. Glaub mir, man läuft einer Frau hinterher und kauft sie, und dann …«

»Man *kauft* sie?«

»Ja, man kauft sie in dem Glauben, man habe eine junge Venus erstanden, und dann? Die langen falschen Wimpern fallen ab und sie hat kaum noch Augen. Ihr scheinbar blondes Haar hat graue Ansätze. Und wenn sie das Korsett ablegt, hat sie keine Brüste mehr, da sind nur noch zwei winzige Aspirintabletten, zu klein, um sich daran festzuhalten. Man steht verloren in einer mittelalterlichen Landschaft des 13. Jahrhunderts und hat keine Illusionen mehr.«

»Claudi, würdest du bitte nicht so schreien.«

»Wenigstens sind Männer keine Betrüger! Das ist doch«, gluckst er, die Stimme zu einem dramatischen Flüstern gedämpft, »als würde ich ausgehen und die dickste Banane kaufen, die ich auftreiben kann!«

»Claudi, wenn du jetzt frech wirst, schließe ich das Fenster.«

»Nun, wenn du runterkommen und mir die Tür aufmachen würdest wie eine wohlerzogene junge Dame, müssten wir dieses intime Gespräch nicht auf der Straße führen.«

Ich gehe hinunter, in den Händen immer noch das Gemälde, lege den Kopf schief und öffne widerwillig die Tür. Claudi hat es so eilig wie ein Lemming auf dem Weg ans Meer, mit anderen Worten schießt er durch den Raum. Kurz bevor er sich an der gegenüberliegenden Wand den Kopf stößt, wirbelt er herum und lehnt sich mit dem Rücken dagegen. Normalerweise sagt er jetzt so etwas wie »Ha« und stößt dann einen Seufzer aus.

Aber heute mustert er das Bild (ohne es zu berühren, wie mir auffällt) und lobt es über den grünen Klee wie jemand, dem egal ist, ob er ein Gemälde vor sich hat oder zwei Fasane; Hauptsache, er kann irgendwas sagen.

»Du solltest dich glücklich schätzen, in den Besitz eines solchen Bildes gelangt zu sein.«

»Ich will es nicht«, sage ich hochmütig. »Es schmiert.«

»Min, manchmal machst du mich wirklich traurig. Nein, bei Gott, ich meine es ehrlich!«

»Claudi, du bist wirklich schamlos. Du bist wie der Kugelfisch, wenn nicht gar schlimmer. Weißt du, wofür dieses Bild steht? Für eine einfache Mahlzeit und meine Ehre.« Ganz kurz meine ich es ernst, und wir lachen beide ein bisschen zu laut. Man kann nicht mit einem Mann Fischhändler spielen und ein paar Tage so tun, als wäre nichts passiert.

Claudi, der einfach alles weiß, wusste natürlich, dass ich dem Kugelfisch früher oder später ins Netz gehen würde, und nun will er, die hartnäckige Nervensäge, mehr Details hören. Ich erzähle ihm alles, und er fragt:

»Aber Min, warum hast du eingewilligt?«

Ich winde mich:

»Ach, keine Ahnung. Raquel saß da in einer ihrer Blusen …«

»Diese Raquel muss ich endlich kennenlernen.«

»Oh, sie würde dich in die Tasche stecken. Sie ist rotblond.«

Claudi setzt dieselbe Miene auf wie immer, wenn er über eine neue Frau nachdenkt.

»Rotblond. Was du nicht sagst.« Er streckt sich. »Nun, warum nicht? Wenn ich dich nicht haben kann, muss ich mich eben mit einer Rothaarigen begnügen.«

»Claudi, ich bin wirklich der Meinung, wir sollten uns mäßigen. Es ist gerade einmal Mittag. Noch nicht mal Zeit für den Tee.«

»Wer hat denn angefangen? Ich bin als anständiger, allseits respektierter älterer Gentleman hier, der über seinen Garten plaudern möchte. Und was tut sie? Kommandiert mich herum. ›Ich muss den Kugelfisch loswerden‹, sagt sie. ›Ja, Madam, gewiss doch, Madam‹, sage ich, ›darf es noch etwas sein?‹«

»Mein Lieber, das zieht nicht mehr. Du hast es bis auf den letzten Tropfen ausgepresst.«

Er baut sich auf, verschränkt die Arme vor der Brust und wirkt recht verärgert. Ernst und nachdrücklich sagt er:

»Die Frage ist doch: Willst du ihn oder nicht?«

Ich bin mir nicht sicher, ob ich ihn richtig verstanden habe. Wenn er will, zaubert Claudi die unverschämtesten Fragen aus dem Hut. Leiser, aber nicht weniger bissig fährt er fort:

»Und falls ja: Wie sehr willst du ihn, Min, und für wie lange?«

Natürlich lässt der Vorwurf mich erstarren. Er will meine Gedanken beeinflussen, noch bevor ich sie überhaupt gedacht habe. Ich habe Lust, aufzuheulen und niederzusinken, kann aber nicht schnell genug ein dummes Gesicht aufsetzen.

Claudi hat es geschafft, aus dem Flur einen kleinen Gerichtssaal zu machen, und nun unterzieht er mich dem Kreuzverhör und freut sich diebisch. Ich schlage die Augen nieder und sage ganz unverbindlich:

»Er nimmt seinen Glücksklavierhocker überall hin mit, zur Not auch mit dem Taxi. Der Hocker hat so ein grausiges kleines Pedal, mit dem er sich höhenverstellen lässt.«

Unwillkürlich entfährt es Claudi:

»Allein das wäre Grund genug für eine Verurteilung!«

»Puh. Ganz kurz hast du mir Angst eingejagt. Du verstehst also, dass ich mich fühle wie Sauls Tochter Michal, als sie David vor der Bundeslade tanzen sah?«

»Wie denn?«

»Nun, plötzlich war er kein Mann mehr. Die Bundeslade war eine Art Klavierhocker. Wenn Männer herumhopsen und Mätzchen machen, kann man sie nicht mehr ernst nehmen.«

»Du nimmst ihn also nicht mehr ernst?«

»Kein bisschen. Außerdem ist er in seinen Katarrh verliebt. So wie du in deinen Garten.«

»Min, ich habe dir doch erklärt, dass …«

»Schon gut. Selbst, wenn du *nicht* in deinen Garten verliebt wärst, könnte ich den Kugelfisch nicht leiden. Er ist mir zu schwabbelig.«

»Nun, Min«, sagt Claudi traurig und versonnen, »nicht jeder kann so hart sein wie ein Tennisball.«

Woraufhin wir fast zwei Minuten lang lachen müssen. Danach fühle ich mich besser, und Claudi ist abermals mein alter Freund und Vertrauter. Doch um sicherzugehen und die letzten Reste der Pro-Kugelfisch-Stimmung zu vertreiben, zeige ich mich großzügig. Ich deute auf den wirr bekritzelten Block neben dem Telefon und rufe möglichst hysterisch:

»Sieh dir das an!«

»Was?« Claudi beißt an und geht eifrig meine Termine der vergangenen Woche durch; er weiß, diese Chance bietet sich nur ein Mal im Leben.

»Siehst du dieses Muster, das sich am Rand abwärts zieht?«

»Ja, sieht aus wie gestrickt.«

»Das war er! Hast du je etwas so Langweiliges gesehen?«

»Hmm. Nun ja. Sehr gleichmäßig. Immer wieder dasselbe.«

»Genau! Hässliches, monotones Stricken, Reihe um Reihe. Nicht sehr männlich, oder?«

Ich merke, dass Claudi mir jetzt unbedingt *seine* Art zu kritzeln demonstrieren möchte; er greift zum Bleistift und überlegt.

»Nicht nachdenken«, sage ich. »Das wäre geschummelt.«

Er zeichnet etwas und beugt sich interessiert darüber. Ich schaue ihm über die Schulter. Er hat eine Art Spiegelei gemalt; oben aus dem Dotter ragt ein Stachel heraus.

»Gut gemacht. Ein bisschen obszön vielleicht.«

Claudi lächelt zufrieden in sich hinein, als hätte er einen Test bestanden. In letzter Sekunde fällt ihm ein, dass er vielleicht Interesse an meinen Kritzeleien zeigen sollte, und so fragt er halbherzig:

»Und was ist das, Min?«

»Ach, eine Uhr ohne Ziffern mit abgerissenen Zeigern.«

Auf der Stelle beschließt er, Kapital daraus zu schlagen. Er nickt, als hätte ich ihm den Schlüssel zu meiner Persönlichkeit überreicht.

»Liebes Kind, du bist in der Tat ein sehr eigenartiges Geschöpf.«

Ich werde wütend. Wie undankbar! Ich entzücke ihn mit der Feststellung, er habe eine Obszönität gezeichnet, und im Gegenzug teilt er mir mit, ich sei eigenartig? Ich möchte nicht eigenartig sein, und ich werde keinesfalls zulassen, dass er damit durchkommt.

»Ich bin kein bisschen eigenartig. Ich bin vernünftig. Während du, lieber Claudi, absolut *sui generis* bist. Manchmal wird mir das fast zu viel.«

Er stöhnt auf, »Ooh!«, als hätte ich ihn ernsthaft verletzt. Ich rede weiter: »Manchmal habe ich das Gefühl, ich kann mit deinen Tanzschritten nicht mithalten.«

»Hör sich das einer an! Erst serviert sie den einen Mann ab und dann den anderen, und alles nur, weil sie angeblich *tanzen*. O Michal, Tochter des Saul!«

»Wo wir vom Tanzen sprechen … Du hast nicht mal gefragt, ob es meinem Fuß besser geht!«

Claudi lässt die Schultern hängen, als läge darauf eine zu schwere Bürde. Er krächzt:

»Aufhören! Das ist zu viel. Ich bin zu alt. Du hast haushoch gewonnen, kleine Min. Und ich gehe nach Hause und betrachte meine Rosen.«

Auf einmal komme ich mir gemein vor. Ich gehe einen Schritt auf ihn zu und mache ihm ein Friedensangebot:

»Soll ich mitkommen und dir helfen?«

»Nein danke, mein Schatz. Letztes Mal hast du, bevor du dir meine Edelrosen angesehen hast, einen Blick auf die Uhr geworfen.«

Claudi geht und ich bleibe im Flur stehen, in einer Hand den zerknitterten Umschlag und in der anderen das Bild. Was für ein Chaos. Ich summe ein besonders melodiöses Rezitativ aus *Falstaff*. Ich kenne die Oper in- und auswendig; wenn die Hauptfiguren in der wuseligen zweiten Szene zusammenkommen und in ihrer Egozentrik kontrapunktisch gegeneinander ansingen, müssen alle im Publikum lächeln, ob sie wollen oder nicht. So viel Eitelkeit, so viel Diesseits, so viel *Spaß*; man erkennt sich wieder. Ja, diese unterdrückte Heiterkeit habe ich zum letzten Mal im Internat gefühlt, als wir für eine mitternächtliche Feier einen Eimer Trifle aus der Küche stehlen wollten. Aber ich könnte mir niemals vorstellen, wie der Kugelfisch … doch, könnte ich.

7

Jenny macht sich wegen des Gitarristen ganz verrückt. Heute Nachmittag war sie so lustlos, dass ich sie aufheitern wollte, indem ich das Orestes-Gedicht abgespielt und bei jedem von ihr beigesteuerten Geräusch »Das ist gut!« gerufen habe, aber sie hat nicht mal reagiert. Und ihr Benehmen ist ansteckend. Nun ist auch Fred zusammengesackt wie ein Pilot, der seit achtundvierzig Stunden im Cockpit sitzt. In dieser Stimmung wird er an allem Anstoß nehmen. Und das Aufnahmestudio ist heute so *braun* – brauner Teppich, Boxen mit brauner Dämmung über den Schlunden. Eine gewisse Gereiztheit liegt in der Luft. Die Klänge befördern uns kopfüber von der Beschwingtheit in die Depression. Wir sind so streitlustig wie Menschen, die in der Wüste nach Wasser suchen. Oder nur nach festem Boden.

»Dieser Herzschlag wird nie wie ein echter Herzschlag klingen, da kannst du dich auf den Kopf stellen«, sagt Fred defätistisch.

»Na und? Es ist ein echter Herzschlag. Er wurde in einem Krankenhaus aufgenommen. Echter geht's nicht.« Wenigstens gebe ich mir Mühe.

Trotzig sagt Jenny:

»Das ist doch nicht normal. Klingt, als wäre das Herz irgendwie krank.«

»Ja«, schlägt Fred sich auf ihre Seite, »klingt wie eine alte Amsel, die ihre verwesenden Flügel schlägt.«

Ein Schulterschluss gegen mich, und jeder Versuch, eine ernsthafte Diskussion zu führen, endet in unprofessionellem Geplauder. Jemand steckt den Kopf zur Studiotür herein. »Sorry?« Jenny und Fred blicken hoffnungsvoll auf. Ich stiere mit gerunzelter Stirn in meine Notizen auf dem Notenständer und bete, dass die Unterbrechung den Tempelvorhang nicht zerfetzt.

Aber die beiden sind zu apathisch, um die Gelegenheit zu ergreifen. Fred spielt mit seinen Instrumenten – ein Rasierer, ein winziger Schraubenzieher und etwas Klebeband. Er möchte einen neuen Herzschlag erzeugen, wofür er mindestens eine Dreiviertelstunde brauchen wird. Falls seiner besser ist als mein mitgebrachter, der aus dem Klangarchiv, werde ich ihn verwenden. Falls nicht, fangen wir morgen früh noch einmal von vorne an. Hält man sich beim Erstellen von elektronischen Klängen zu lange an einer Stelle auf, verliert man das Gehör; dann ist das Klanggedächtnis genauso erschöpft wie die Fähigkeit zu improvisieren, bis das Ganze »geliert«. Fred sagt:

»Im Moment klingt es wie Boulez, nur in schlecht.«

Aus reiner Nachlässigkeit gehe ich darauf ein:

»Mein Gott, Boulez klingt immer schlecht! Was für ein konventionelles Musikerhirn.«

»Daran ist doch nichts Verwerfliches«, sagt Fred, das konventionelle Musikerhirn. »Damit fängt alles an.«

Zu spät. Jetzt wird er seine Plattitüden rausholen und in aller Öffentlichkeit abstauben. Ich werde mich im Handumdrehen in einen zweiten Fred verwandeln, denn Grundlagendiskussionen haben immer einen nivellierenden Effekt; bei dieser Art von Kontra büßt man zwangsläufig an royaler Vorstellungskraft ein. Denken Sie nur an die Oxford Street. Auf keiner Straße tummeln sich mehr Bauern. Wenn man sich dort hinstellt und »Mein Herr!«, ruft, dreht keine Menschenseele sich um (ein »*Cher Maître*!« im Boul'Mich' wäre etwas ganz anderes).

»Eine profunde Kenntnis der Grundlagen …«, sagt Fred und gewinnt und altert im selben Moment.

»… sollte man spätestens mit siebzehn verbergen.« Ich reagiere genau so, wie er es sich gewünscht hat, und er nickt, damit ich weiterspreche. Schon spüre ich die Fredhaftigkeit aufziehen, ein Gefühl so schwer wie ein Mantel aus Blei. »Nun, vielleicht ist Boulez intelligenter, als ich dachte. Aber warum redet er solches Blech?«

Das ist natürlich Blasphemie. Die beiden sehen mich an, als hätte ich die Schweigeminuten am Armistice Day gebrochen. Nur Fred ist zu jenem modernen Langeweilerton fähig, in dem Kritiker uns die Dinge »erklären«:

»Also, zunächst einmal musst du das durchschnittliche Niveau der musikalischen und allgemeinen Bildung des Publikums berücksichtigen, für welches er …«

Keine Angst. Ich bleibe unglaublich gefasst. Bei den Worten »für welches er« komme ich wieder zu mir und meine Fredhaftigkeit verpufft mit einem Knall. In rücksichtsloser Boshaftigkeit sage ich:

»›Für welches er‹ klingt perfekt, ganz ehrlich. Ich möchte, dass auf meinem Grab in goldenen Lettern ›für welches er‹ steht. ›Für welches er‹ habe ich mein Leben aufgegeben. Fred, du bist ein Genie, denn ohne dich wäre es mir nie aufgefallen. Du hast die Bürokratie auf den Punkt gebracht.«

Er merkt nichts und versucht immer noch, wenn auch leicht verwirrt, den unmöglichen Satz irgendwie zu beenden. Ich habe natürlich einen Frevel begangen. Wenn er aufwacht und die Beleidigung versteht, wird er mir an Gurgel gehen. Jenny macht wie zur Warnung grüne Stielaugen: »Achtung!« Es hilft alles nichts; wenn ich jetzt nicht sofort etwas unternehme, wird sein Groll monatelang anhalten und meine Sendung ist ruiniert. Also greife ich zur erstbesten Krücke:

»Fred, dieser Herzschlag … Verzeihung, ich unterbreche dich nur ungern, auch wenn ich wohl anderer Meinung bin« – (von wegen) – »… also, könntest du dir vorstellen, mir zuliebe einen neuen Herzschlag zu basteln? Falls es nicht zu lange dauert?«

Er steht auf, immer noch durcheinander, aber auch interessiert. Wird er meinen verbalen Ausbruch als exzentrisch abtun? Wenn ja, sind wir gerettet (und haben nur eine Dreiviertelstunde verloren). Doch falls er noch einmal darüber nachdenkt, falls er zur Bedeutung hinter den Worten durchdringt, wird er wahrscheinlich jede weitere Zusammenarbeit verweigern. Er wird mich erwürgen. Er wird seinen Teebecher nach mir werfen, und ich werde ihm nie begreiflich machen können, dass meine teuflischen Kommentare nicht persönlich gemeint waren. Ach Fred, wenn ich bedenke, wie gleichgültig meine Bosheiten sind, bekomme ich fast Mitleid mit dir. Zur Sicherheit rede ich noch ein bisschen weiter.

»Und könntest du ihn mir vorspielen, sobald du ihn aufgenommen hast, Fred? Möglichst laut, damit wir ihn mit dem ersten vergleichen können?«

»Ich glaube, was Boulez angeht, hat Fred recht.« Jenny ist in der Tat sehr clever. Ihr wohlwollender Unterton und ihr perfektes Timing haben eine beruhigende Wirkung. Sie streicheln Freds Nacken von schräg hinten, und schon widmet er sich friedlich der Aufgabe. Durch eine Grimasse gibt Jenny mir zu verstehen: »Du Idiotin! Wozu war das nötig? Seine Gefühle zu verletzen! Völlig grundlos! Während ich hier wie auf heißen Kohlen sitze und zu meinem Gitarristen will!«

Sobald Fred das Studio verlassen hat und die gepolsterte Tür sich hinter ihm schließt, fasst Jenny den Vorfall in einem Laut zusammen:

»Miau!«

»Nein«, sage ich streng. »Bleib fair. Er sollte mehr Rücksicht auf meine Gefühle nehmen. Darf ich denn keine Gefühle haben?«

»Tja, du hast hier das Sagen, also wird er sich in die Rolle des Technikers fügen.« Jenny liegt so richtig wie immer.

»In den Tonstudios auf dem europäischen Festland arbeiten begeisterte, *aufgeschlossene* junge Leute als Team zusammen«, sage ich mit erhobenem Kinn.

»Und hör dir an, was dabei rauskommt!«

»Was für ein Aufhebens darum gemacht wird!«

Wir beide haben schicke europäische Komponisten in weißen Regenmänteln vor Augen. Jung, glattrasiert und wortkarg landen sie am Londoner Flughafen, im Büffelledergepäck Flugblätter und Aufsätze. Aber wir sitzen hier herum und warten darauf, dass ein linksliberaler, fantasieloser Bürokrat einen Herzschlag fabriziert. Mürrisch sage ich:

»Wahrscheinlich liegt es nur an der Sprachbarriere. Tief in ihrem Herzen sind sie wie Fred.«

»Erzähl das unseren Musikkritikern.«

Sie fängt an, an ihren Haaren zu zupfen und sich einzelne Strähnen um den Finger zu wickeln. Sie nimmt eine in den Mund und beißt zu. Sie sieht mich an.

»Jenny!«

»Die Nächte sind furchtbar«, sagte sie betreten.

»Einsam?«

»Ja, natürlich einsam. Es ist die Hölle.«

»Aber du hast doch immer so gut geschlafen. Ich konnte es kaum ertragen!«

»Ja, aber diese Zeiten sind vorbei. Neulich bin ich mitten in der Nacht aufgewacht und wusste nicht, wo ich war. Irgendwie fühlte es sich an, als hätte mich jemand auf den Kopf gestellt.«

»Du, Jenny, die Pragmatikerin mit den hundert Ersatzmännern?«

»Sagt die verheiratete Frau mit dem Gatten in der Gattentasche!« Wie Jenny meine Ausdrucksweise imitiert, gefällt mir gar nicht. Ich sollte ihr ein akkurateres Bild vom Eheleben vermitteln. Ernst sage ich:

»Man kann auch neben einem Mann Albträume haben. Selbst, wenn er der eigene Gatte ist. Oft macht es die Sache sogar noch schlimmer! Weil man gebunden ist und sich nicht bewegen darf. Außerdem verbreiten Männer große Unruhe. Sie besteigen Berge, krallen sich an Gipfeln fest und wachen dann kreidebleich und keuchend auf. Manchmal zappeln sie wie die Lachse. Und alle schlagen im Schlaf um sich.«

Zufrieden sehe ich, die leidgeprüfte Ehefrau, Jenny an, aber sie hat das Interesse verloren. Sie spricht lieber über ihren Albtraum:

»Ich hatte mein Bett verlassen und war absolut orientierungslos. Es war stockfinster. Ich habe eine Tür ertastet und sie geöffnet …«

»… und dann hast du dich in deinem Kleiderschrank wiedergefunden, halb erstickt von deinen Mänteln.«

»Ja, woher wusstest du das?«

»Ist mir schon hundertmal passiert.« (Beim ersten Mal war ich sieben.) Aber heute ist Jenny durch nichts aufzuhalten. Sie fährt fort:

»Ich bin also aus dem blöden Schrank rausgeklettert und habe versucht, ins Bett zurückzufinden.«

»Aussichtslos!«

»Aber was hätte ich machen sollen? Die ganze Nacht aufbleiben? Nein, ich hatte es mir genau überlegt: Wenn ich den Schrank finde, finde ich auch das Bett. Quod erat demonstrandum.« (Die arme Jenny, jetzt hat sie sich wirklich in Rage geredet. Und alles nur wegen eines einzigen Gitarristen.) In freundlichem Ton frage ich:

»Und, hast du es gefunden? Wahrscheinlich schon, sonst wärst du nicht hier.«

»Min, ich habe *stundenlang* danach gesucht. Ein schreckliches Gefühl, wenn man sich verirrt hat und das Bett nicht finden kann. Fast hätte ich aufgegeben … ich bin auf Händen und Knien herumgekrochen und habe jeden Zentimeter des Schlafzimmers abgesucht …«

»Oh, Jenny!« Auf einmal bin ich aufrichtig erschreckt. Bei der Vorstellung, wie sie auf die Knie geht, dreht sich mir der Magen um.

»… und dann habe ich es gefunden!«

»Na, Gott sei Dank!«

»Zumindest einen Bettpfosten. Aber ich wollte nicht kleinlich sein.«

»Auf keinen Fall.«

»Also bin ich über das Kopfteil hineingeklettert. Mann, war ich erleichtert! Ich war in meinem ganzen Leben noch nie so froh, irgendwo zu sein. Ich habe mich ausgestreckt und selig gelächelt.«

»Klingt fast so, als hätte die Erfahrung sich gelohnt. Aber eigentlich sollte das Leben doch nicht so sein.«

Das sind, wie wir beide wissen, große Worte. Jenny schüttelt ihr Haar und glättet es mit zwei aus ihren steifen Fingern geformten Kämmen. Sie lächelt, scheinbar nur so, aber ich kenne den Grund. Sie sagt:

»Natürlich sollte es das nicht. Ich sollte ein breites, duftiges Bett mit vier Pfosten und Vorhängen besitzen, und wenn ich sie aufziehe, liegt dort …«

In dem Moment habe ich eine wirklich furchtbare Vision, in der auch der Kugelfisch vorkommt. Ich schüttele mich und ersetze ihn schnell durch … Billy. Ja, dort auf den Kissen liegt Billy, er wirkt viel jünger und sein Gesicht ist noch nicht von der Scheidung gezeichnet, er ist leidenschaftlich, ruhig, aufmerksam … seine Haut, diese rosige Männerhaut, wurde in der Jermyn Street entworfen. Und seine Brust? Ich überlege. Ist sie behaart oder nicht? Unvermittelt frage ich:

»Jenny, hat er Haare auf der Brust?«

Sie antwortet wie aus der Pistole geschossen:

»Nein, seine Brust ist mehr oder weniger glatt. Er liebt es, gestreichelt zu werden. Er hält dann besonders still, leider immer nur kurz, denn er ist ein sehr guter Liebhaber. Und unter seiner weißen Haut wird er von Muskeln zusammengehalten, wie ein Aal. Wenn er einmal angefangen hat, mit mir zu schlafen, kann er nicht mehr aufhören. Er ist dann im Bann der eigenen Fähigkeiten. Aber er behauptet, es liege daran, dass ich unwiderstehlich bin.«

»Er hört nicht mal auf, wenn das Telefon klingelt?«

»Er zieht den Stecker, sobald ich da bin.«

»Dann hast du also doch mit ihm geschlafen?«

»Fast. Nicht ganz.« Sie spannt mich auf die Folter.

»Was bedeutet ›nicht ganz‹?«

Jenny schweigt, dann sagt sie bescheiden:

»Liebe Min, ›nicht ganz‹ bedeutet, dass ich mich nicht ganz ausziehe. Nur obenrum.«

»Und er?« Ich muss es wissen, meine Zukunft hängt davon ab.

»Er schon. Er möchte, dass ich weiß, wie er aussieht.«

»Meine Güte, das klingt nach einem Kampf auf Leben und Tod.« (Und *du* willst, dass er weiß, wie du aussiehst.)

»Manchmal denke ich, dass ich ihm durchaus widerstehen könnte, würde sein Mund nicht so perfekt schmecken und riechen. Weißt du, auf den Mund kommt es an.«

»Wirklich? Oh. Und seiner …«

»Ist wie frisches, warmes Wasser. Min, das Schlimme ist, dass man, wenn man erst mal an einem bestimmten Mund hängt, keinen anderen mehr erträgt.

Man sieht sie und denkt: Nein, falsche Form. Nicht intelligent genug.«

»Und du meinst nicht, dass dir irgendwann langweilig wird, wenn du vom selben Mund auf die immer selbe Weise geküsst wirst, Nacht für Nacht?«

Jenny schüttelt heftig den Kopf und stöhnt:

»So habe ich früher auch gedacht! Der hier mit dem Schnurrbart, dachte ich, wäre sicher viel interessanter als der da … viel zu verkniffen … du weißt ja, was die Leute sagen: Ein Kuss ohne Schnurrbart ist wie ein gekochtes Ei ohne Salz.«

»Aber eine Kennerin wie du hat diesen einzigen, glattrasierten Mund doch bestimmt bald über?«

»Nein, niemals! Nie! Ich bin süchtig. Es ist furchtbar. Und ich verstehe nicht mal, warum.«

Noch nie habe ich einen so verlorenen Menschen gesehen. Anscheinend ist es an mir, das Gespräch in eine andere Richtung zu lenken, denn Jenny leidet wirklich. Fast werde ich großmütig. Ich zähle meine Männer und fasse sie hübsch ordentlich mit einem Gummiband zusammen. Natürlich kennt nur Raquel sich mit den Preisen am Männermarkt aus, aber jetzt ist es an mir, ein paar allgemeingültige Informationen auszuteilen, also sage ich:

»Wusstest du, dass Männer eine schreckliche Angst vor Frauen mit sinnlichem Mund haben? Das habe ich erst letzte Woche erfahren.«

»Ja, wusste ich«, sagte Jenny dumpf.

»Oh«, sage ich verblüfft. »Und warum?«

»Weil sie fürchten, den Erwartungen nicht zu genügen. Aus folgendem Grund: Eine Frau mit sinnlichem Mund hat riesige Ansprüche und erwartet mindestens irgendwelche indischen Seiltricks. Was die Männer zu Tode ängstigt, also gehen sie auf Abstand und suchen sich eine biedere Frau, bei der sie strahlen können wie ein Feuerwerk.«

Ich kann nicht anders, ich sehe sie bewundernd an.

Sie fährt fort:

»Das Vertrackte am Sex ist der unerbittliche, hartnäckige Trübsinn der Männer. Irgendwann verlieren sie ihren Humor.«

»Sie werden schlecht.«

»Man muss sie kontrollieren.«

»Sie sollten die Stelle im Kamasutra lesen, wo es heißt: ›Wenn eine Kurtisane ans Ende ihrer Geduld gelangt, sollte sie ihre Beute zusammenraffen und ihren Liebhaber leise und knurrend des Bettes verweisen.‹«

»Ist das nicht arg paraphrasiert?«

»Kann sein. Ein bisschen.«

Sehnsüchtig seufzt Jenny:

»Das Kamasutra macht das Leben so viel leichter. Sollen wir nach Indien gehen?«

»Gute Idee. Da gibt es *Hunderte* Kamasutras.«

Wir fühlen uns bestätigt und bestärkt. Die Stimmung ist entspannt.

»Übrigens, Jenny, wie geht es der Verbrühung?«

»So lala. Ich muss regelmäßig ins Krankenhaus, um sie verbinden zu lassen. Aber es lohnt sich fast, wegen der Ärzte.«

»Das klingt schon eher nach der alten Jenny!«

Sie lacht und erkundigt sich nach meiner Gicht.

»Der alte Fuß? Es ist dasselbe wie mit deiner Verbrühung: Alles hängt von den Ärzten ab. Zur Zeit besuche ich einen schrecklich teuren, der immer nur meine Brust untersucht.«

»Ein vielversprechender Anfang. Ist er Franzose?«

»Beinahe. Das Wort *suppositoire* hängt immer in der Luft. Aber eigentlich kann ich ihn mir nicht leisten, deshalb muss ich schnell wieder gesund werden.«

Als ich später über unsere Unterhaltung nachdenke, gelange ich zu der Einsicht, dass Jenny seltsame Fragen sehr stilsicher pariert. Wenn sie aus ihrem Privatleben beichten, holen die meisten Frauen zu weit aus und greifen dabei auf abstoßende oder drastische Wendungen zurück, aber bei Jenny klingt das alles leicht und locker. »Nur obenrum« könnte von einer gewöhnlichen Schülerin kommen, aber Sie haben ja keine Vorstellung, wie manche Frauen sich ausdrücken würden. Und Raquel, die kaum den Mund aufmacht, ist so – einfallslos. Fast höre ich sie sagen: »Ich habe meinen Oberkörper entblößt. Es war meine Pflicht, schließlich ist er ein Genie.« Was hat sie vor? Soll ich ihr den Kugelfisch überlassen? Soll ich? Moment mal – wie wäre es mit meinem lieben, guten, netten George? Nimmt er tatsächlich genug am

Leben teil? Oder sitzt er gerade in der Bibliothek vor ein paar geradezu pornografischen Büchern, nur um den Nachmittag zu überstehen? Nein, er ist ein Mann; er sieht das alles aus einem anderen Blickwinkel. Ich habe eine Idee: Claudi wird mein Versuchskaninchen sein. Er wird eine Teestunde allein mit ihr verbringen. Ich werde die beiden im Wohnzimmer einsperren. Denn man muss wissen, Claudi langweilt sich schnell. Wenn er sich hinterher begeistert über sie äußerst, ist sie weder langweilig noch böse. Was wiederum bedeuten würde, dass ich George unbedingt vor dieser schrecklichen Bibliothekspornografie retten muss. Nur Raquels Nähzeug darf er nicht sehen. Sobald George eine Frau bei der Hausarbeit sieht, fühlt er sich so eingesperrt, als versuche sie, um ihn herum ein stützendes Heim zu errichten. In der Tat ist er statisch veranlagt, möchte das aber nicht vor Augen gehalten bekommen. Er wünscht sich eine durch und durch gefährliche Frau, eine Isebel, eine Bauchtänzerin aus der Schlangengrube, die glückliche Ehen zerstört – natürlich auf kultivierte Weise und nach der neuesten Mode gekleidet. Mein Gott, das Leben ist ermüdend.

Ich muss zugeben, als Fred mit seinem Herzschlag zurückkam, waren Jenny und ich so gut gelaunt, dass ich ihn fast verwendet hätte. Die Gefahr besteht natürlich, dass ich Fred, falls er sich weiterhin von mir beleidigen lässt, irgendwann liebgewinnen werde und wir das Programm zukünftig nach seinen Vorstellungen gestalten. *Für welches er, für welches er* ist wie ein Veitstanz – sobald man angefangen hat, kann man nicht mehr aufhören. Jenny stößt jetzt ein leises Eulengeheul aus, wann immer sie mich sieht, und Fred bekommt seit seinem denkwürdigen Ausspruch mehr Aufmerksamkeit als je zuvor im Leben. Jenny hat ihm sogar gesagt, sie habe eine lila Krawatte gesehen, die ihm ausgezeichnet stehen würde. Und ich habe ihm meine letzte Gauloise geschenkt und, als ich in Eile und auf dem Weg zu Billy war, über einen seiner Witze gelacht.

8

Vergessen Sie die französischen Ärzte; es gibt einen Weg in Hampstead Heath, der tatsächlich französisch anmutet. Irgendwie weiß. Aus dem Pflaster (bläulich und bucklig) ragen weiß gescheckte Platanen auf, um sich sieben Meter darüber zusammenzuschließen, in derselben Höhe also wie die Buntglasfenster der Kathedrale von Girona. Das Tageslicht zeigt sich hier nur in Grün oder Bernsteingelb, und immer hat es einen Stich ins Rosafarbene, was an der Röte liegt, die an einem guten Septembernachmittag über London hängt. Um drei Uhr reflektieren die vielen Buntglasfenster dort hinten den rosa Himmel. Und mit ein bisschen Glück handelt es sich bei dem Mann, der neben mir bergauf spaziert, um … Billy!

Seite an Seite schieben wir die Füße durchs Laub und machen uns nicht die Mühe zu sprechen. Unter unseren Sohlen knistern die Blätter, und bald werden wir einander ins Gesicht sehen und erfahren, wo wir miteinander stehen. Doch im Moment genießen wir einfach nur die neue Dimension, die wir unserer Beziehung mit diesem Rendezvous bei Tageslicht hinzugefügt haben. Wie ist es dazu gekommen? Warum nehmen sich zwei eingefleischte Stadtbewohner einen Nachmittag frei, um unter *Bäumen* spazieren zu gehen? Denn eigentlich bin ich eine Person, die höchstens bis zur Charing Cross Road läuft, und das auch nur zu gewissen Tageszeiten, wenn garantiert ist, dass ich einem Bekannten in die Arme laufe. In der Ferne das Heulen von Polizeisirenen. Gott sei Dank findet der Ärger woanders statt.

Liebende haben die Holzbänke kurz und klein geschnitzt. Vor den hastig hineingekratzten Initialen habe ich größte Hochachtung, bedeuten sie doch, dass es gut läuft. Anspruchsvollere Kalligrafien sind out, denn sie sagen: »Hilfe, ich beschrifte meinen eigenen Grabstein!«

Nein, wir sehen einander immer noch nicht an. Die leichte Verlegenheit ist sehr angenehm. Billys Schulter neben mir wirkt bei Tageslicht noch viel stärker und einladender, sein Tweedmantel sieht aus wie für die Jagd gemacht. Ich muss schon sagen, grobe Freizeitkleidung vermittelt eine ähnliche körperliche Stärke wie das Fell eines wilden Tieres. Bin ich angemessen gekleidet für diese Avenue und ihr Terrakottalicht? Ich trage eine extrem teure, braune Wollstrumpfhose, die mitten auf dem Oberschenkel unter einem kurzen Rock verschwindet, was meine Beine wohlgeformt und zugleich zart erscheinen lässt; ich stelle mir vor, wie ich in Höchstgeschwindigkeit über eine Skyline laufe.

Billys Natürlichkeit ist atemberaubend. Ich weiß, dass er jeden Moment meine Hand ergreifen und festhalten wird, und wir werden unseren Weg fortsetzen wie zwei zufriedene Kinder. Ich werde von meiner Zeit in Paris erzählen oder von meinem alten Internat oder vom Kugelfisch … ach, von irgendetwas, solange es nur jugendlich, überraschend und unterhaltsam ist. Billy wird lächelnd zuhören und mich bewundern. Sein Blick aus haselnussbraunen Augen ist immer fest und neugierig und seine Schritte sind leicht und schnell wie meine; aufs Hopsen verzichten wir aus Gründen des Anstands. Das Einzige, was ich an ihm verstörend finde, sind seine schmal zulaufenden Finger. Einmal habe ich gesagt:

»Tut mir leid, aber deine Finger sind … grausam.«

Er war vollkommen irritiert und betrachtete seine Hände, als hätten sie eben sein gesamtes Vermögen weggegeben.

»Grausam? Wie kommst du darauf?«

»Tut mir leid. Ich habe nicht nachgedacht. Es ist nur so, dass die eigenartige Form deiner Fingerspitzen mir Angst macht.«

»Mir auch, jetzt, wo du es sagst. Sollte ich sie ändern lassen?«

»Nein! Außerdem kann ich mit dicken, breiten, stumpfen Männerfingern nichts anfangen.«

Aber verwunden hat er es nie. Selbst jetzt betrachtet er seine Hände und sieht mich fragend an. »Grausam, hm? Sollte ich sie ändern lassen?«

In Billys Kopf steckt so viel Intelligenz, da ist es vollkommen egal, dass man kein Merkmal herausheben und sagen kann: »Seht nur seine braunen Locken«, oder: »Diese männliche Nase, diese buschigen Augenbrauen!« Zu jeder Sekunde strahlt er Lebendigkeit aus; er zügelt seinen Humor und seine Gefühle und ist vollkommen im Einklang mit sich selbst. Ich neige dazu, meine Vergangenheit zu einer Art Suppenkonzentrat einzukochen, bevor ich etwas Neues anfange, doch Billys läuft der Zukunft leichtfüßig entgegen. In der Tat ist er einer der wenigen Menschen, die sich ihrer Vergangenheit, Gegenwart und Zukunft gleichermaßen bewusst sind.

Wir erreichen eine Kreuzung. Einer der davon abzweigenden Wege führt zu den Fischteichen hinunter.

»Hier entlang«, sagt Billy und nimmt meine Hand.

Oh, wie warm, nervös und wissend seine Finger sind! Ich trotte neben ihm her wie ein kleines Mädchen. Die Harmonie ist vollkommen; wir haben keinen Grund, einander anzusehen.

Am Wegesrand stehen Jungs mit Angelruten, das Wasser sieht aus, wie es aussehen sollte, ziemlich launisch. Dort unten am Ufer ist es ein transparentes Aquarium aus braunem Zucker mit karamellisiertem Laub darauf. Da hinten ist die Oberfläche undurchdringlich weiß und glänzend; die Angelschnüre treffen in schiefen Winkeln darauf und verschwinden. Es riecht nach frischem Süßwasser.

»Pass auf deine Augen auf, Billy, wenn wir da vorbeigehen! Beim Angeln haben sie kein Glück, aber sie sind wirklich gut darin, den Leuten auf dem Spazierweg Haken in die Augäpfel zu schlagen.«

Er passt auf seine Augen auf, und wir eilen vorbei.

»Billy, da ist der Drachenhügel. Ist er nicht wunderbar?«

»Wunderbar.«

»Und sieht dir die Hunde an, sie sind so groß. O Gott, ich hasse sie.«

»Du hasst Hunde, Min?«, fragt Billy aus ehrlichem Interesse.

»Natürlich. Weil sie so groß sind. Sie gehören in einen Zwinger. Sieh dir den da drüben an, er ist so groß wie ein Mensch. Immerhin scheinen sie fast geschlechtslos zu sein, das ist fantastisch, nie sieht man zwei von ihnen beim … Nun, ist auch besser so, wir wollen nicht, dass sie sich vermehren. Billy, ich sage es dir, diese Hunde haben nichts im Kopf als Fleisch, Spaziergänge, ihre Menschen und ihr lautes Bellen. Die bürgerlichsten Eunuchen der Welt.«

»Und offenbar haben alle dieselbe Farbe …«

»Ja, wie Erbsenpüree. Außer die schwarzen.«

»Vielleicht wäre es anders, wenn wir sie besser kennen würden«, sagt Billy gemäßigt.

»Bekomme ich jetzt einen Punktabzug, weil ich Hunde nicht mag?«

»Du weißt genau, dass Hundehasser in England, und *nur* in England, die volle Punktzahl bekommen.

Aber du magst Hunde, Min. Zu einem kleinen Hund, der dir gefällt, würdest du sofort hingehen und mit ihm reden. Du behandelst diese Hunde, wie du alle Fremden behandelst.«

»Und wie behandele ich dich, Billy?«

»Das weiß ich noch nicht. Aber ich bin ein Min-Fan, also ist es mir egal.« Er drückt meine Hand ganz sanft, und seine Augen leuchten vor Zärtlichkeit.

»Billy, du schaffst es, den Himmel blauer zu machen.«

»Du auch.«

Ob wir es wagen, stehenzubleiben und uns zu umarmen? Die Umgebung ist schäbig. Wir befinden uns auf einem ungeschützten Abhang, nicht mal ein Gebüsch gibt es hier. Und da kommen zwei keuchende Jogger in blauen Trainingsanzügen! Wir gehen weiter bergan und denken über die aufgeschobene Umarmung nach. Ich stelle ihm naheliegende, aber unbequeme Fragen.

»Billy, aus welchem Grund gehst du heute mit mir spazieren?«

»Ich wollte zusammen mit dir frische Luft schnappen und dir beim Plaudern zuhören.«

»Du weckst mein Interesse für mich selbst! Aber im Ernst … Manchmal habe ich dieses Zittern, Billy. Das macht mir Sorgen. Kaum sehe ich etwas Neues, Unbekanntes, oder dich, schon fange ich an zu zittern.«

»Ich weiß. Ich liebe es. Du sollst zitternd in meinen Armen liegen.«

»Ach, Billy!«

Ich bin baff. Er hat einen emotionalen Volltreffer gelandet. Wären wir nicht mit Gehen beschäftigt, würde ich wohl umkippen.

»Warum sagst du so etwas, Billy? Das macht mir Angst.«

»Wie schön. Soll es auch.«

Nun gibt es kein Zurück mehr, das wissen wir beide. Sobald wir am Fuß des Hügels und bei der kleinen Baumgruppe angekommen sind, wird Billy mich küssen. Und ab der Sekunde werde ich grübeln, mich sehnen und eifersüchtig sein. Mein Seelenfrieden und meine Fröhlichkeit werden für immer dahin sein. Dann muss ich ausgeglichen sein und mein Herz stark, ich werde streiten und gehässig sein und meine Arroganz neu erfinden müssen, durch reine Willenskraft. Fast ist es mir zu viel. Mein geliebter, netter, verlässlicher Billy wird sich in einen Mann verwandeln, dessen Körper mich nachts nicht schlafen lässt, und wenn er mich unglücklich macht, werde ich niemanden haben, den ich anrufen kann. Es ist wirklich die Höhe. In scharfem Ton frage ich:

»Willst du nun meine Lieblingsplätze von Hampstead Heath sehen oder nicht?«

»Doch, natürlich.«

»Soll ich auf den alten Baumstumpf da unten klettern und etwas aus dem *Trovatore* pfeifen oder nicht?«

»Warte, ich hebe dich hoch.«

»Ich möchte noch nicht hochgehoben werden.«

Er wartet und beobachtet, wie ich mich in den nächsten Minuten zu verteidigen gedenke. Er weiß, dass ich auf dem Weg hinab sehr erfinderisch sein werde, damit ich unten zu schwach bin, ihm zu widerstehen. Alles, was ich sage, wird ihn verletzen und entzücken. Schnippisch sage ich:

»Möchtest du wissen, was der Kugelfisch getan hat, als wir das letzte Mal essen waren?«

»Was?«

»Er hat Hasenpfeffer bestellt, und es hat *ewig* gedauert. Am Ende habe ich es nicht mehr ausgehalten und gesagt: ›Ihr Hasenpfeffer verzögert alles. An meiner Forelle oder Georges Muscheln kann es unmöglich liegen. Es ist Ihr blöder Hasenpfeffer. Abgesehen davon wird dieses Gericht heutzutage nicht mehr aus Hasen zubereitet, sondern aus Katzen. Wenn Sie gleich auf ein Stückchen Fell beißen, gehört es einer Mieze.‹ Und Billy, weißt du, was mich zur Weißglut bringt? Er hat gelacht, als wäre es lustig, dabei war es das gar nicht. Ich weiß doch selbst am besten, ob ich einen Witz mache oder einfach nur Konversation.«

»Ja, das ist wirklich ärgerlich.«

»Der mit seinem Hasenpfeffer. Und was hat er davon?«

»Offensichtlich wenig.«

Wir nähern uns dem Ziel, und naturgemäß werde ich immer trotziger und gemeiner. Ich stampfe mit dem Fuß auf und will alles. Bevor wir die Baumgruppe erreichen, muss ich seine wunde Stelle finden. Ich räche mich jetzt schon für alles Leid, das er mir zufügen wird.

»Hoffentlich« – meine Stimme ist in Höchstform, eiskalt und giftig – »machst du nicht den Fehler zu glauben, du könntest mich in eine Schublade stecken.«

Billy runzelt kurz die Stirn, aber nur, weil er tatsächlich nachdenkt. Plötzlich ergreift er meine andere Hand und spreizt die Arme, sodass wir stehen bleiben müssen. Ich sage:

»Meine Güte, eine hervorragende Methode, Händchen zu halten. Niemand käme je darauf, dass du geschieden bist.«

Über uns sehe ich die Bäume und rufe verzweifelt:

»Billy, es wird Winter, und das *gefällt mir gar nicht.*«

»Nein, mein Liebling, aber ich bin hier.«

Ich bin hier. Was für eine Lüge. Es hat schon angefangen! Wozu unterhaltsam sein, wenn ohnehin alles damit endet, dass ich aufstöhne und meinen Kopf demütig unter sein Kinn schiebe?

Als seine Lippen meine berühren, fühlt es sich fast an, als wäre er ein schlechter Küsser. Sein Kuss ist nicht tastend, seine Bewegungen sind kein bisschen vorsichtig oder wissend, und in echter Ratlosigkeit denke ich: Du liebe Güte, das ist der schlechteste Kuss meines Lebens. Dann überrascht er mich, indem er sich kurz von mir löst, gerade lange genug, um mich anzusehen und zu fragen: »Ist es nicht wie im Chez Victor's?« (das Restaurant, in dem wir so oft zu Abend gegessen haben).

Dann beginnt er, kleine, feste Küsse auf meine Mundwinkel und dann auf meine Lippen zu drücken. Er öffnet meinen Mund mit einem Timing und einer Empfindsamkeit, die meiner so gleichkommt, dass ich mich verliere – was ist passiert? Anders als sonst bin ich keine Zuschauerin; weder bin ich ihm voraus, noch wurde ich abgehängt. Im Bruchteil der Sekunde, in der es mir bewusst wird, schlingt Billy die Arme um mich und zieht mich an sich. Sein Mund fordert und nimmt mit größtmöglicher Geschicklichkeit und Leidenschaft. Ein kalter Wind streicht über unsere Gesichter. Die Illusion von Freiheit, die frische Luft, das Abebben meiner Ängste, die harmonischen, drängenden Bewegungen unserer warmen Köpfe – alles vereint sich zu idealem Vergessen, Glück und Verlangen.

Nach einer Minute werde ich wach. Ich werde reden und ihn quälen.

»Billy!«

»Min.« Er streift meine Brauen und Schläfen. Es gelingt ihm, auf jede Stelle ganz langsam sieben oder acht vollkommen verschiedene Küsse zu setzen, trocken, feucht, liebevoll, zärtlich, heiß, bestimmt, brüderlich, und zum Schluss gibt es einen tröstlichen Abschiedskuss oben auf den Kopf.

Während des Küssens haben wir den kumulierenden Effekt aus den Augen verloren. Wir schüren ein großes Feuer, das den ganzen Winter andauern wird, mindestens. Wir lösen uns voneinander und lächeln überglücklich. Was für gute Freunde wir sind! Es ist eine Katastrophe. O je, lieber hätte ich einen Feind. Billy fragt:

»Soll ich dich jetzt hochheben?«

Weil ich weiß, dass es gefährlich wird, sage ich sofort:

»Natürlich.«

Er hebt mich an und wirbelt mich herum. Er lockert seinen Griff, sodass ich in seinen Armen sehr langsam abwärts rutsche, bis auf die Füße. Was bin ich doch für ein berechnendes Luder; was für eine raffinierte männliche Rutsche, auf der ich so langsam falle, dass es fast unerträglich ist. Auf dem Weg nach unten wird mir schwindelig, und als mein Mund an seinem vorbeikommt, ist es abermals um mich geschehen. Wie erwachsen wir sind und wie furchtlos. Sicher werden wir für diese gleitende Umarmung verhaftet. Ich persönlich halte es nicht länger aus und keuche:

»Tee! Ich brauche einen Tee, und Kuchen.«

»Sofort?«

»Ja. Unbedingt. Sofort.«

Ich habe eine ungefähre Vorstellung davon, wie ich aussehe. Ungeschminkt, wunde Lippen, Flecken am Kinn. Wenn ich glaube, dass ich hässlich bin, laufe ich immer schnell weg. Billy scheint es zu spüren, als ich mich von ihm losmache. Wir rennen zusammen, und ich bin sofort außer Atem und bekomme Seitenstechen. Billy schafft es, beim Rennen nicht lächerlich auszusehen. Etwas klimpert in seiner Hosentasche. Zum Glück ist er vernünftig und versucht gar nicht erst, mich zu überholen, also kann ich stehen bleiben und mich als Siegerin fühlen, statt immer weiter laufen zu müssen.

»Habe ich gewonnen?«, frage ich gebieterisch.

»Oh ja. Vor langer Zeit.«

»Dann ist ja gut«, sage ich und lasse alle Hoffnung fahren.

Ich bin schwermütig und möchte mit niemandem reden. Plim-Plam schlendert durch die Zimmer. Nun, soll sie doch. Claudi war mit ihr beim Tierarzt, zur Zahnreinigung. Der Tierarzt hat das arme Ding betäubt und ihm die Zähne geputzt. Sobald es wieder zu sich kam, wollte es fressen; es hat einen Appetit wie ein Löwe, und die vielen strahlend weißen Zähne zerkleinern das Futter blitzschnell. Das Problem ist Plims Zunge. Die Zunge ist klein und niedlich, aber dennoch: Sie hängt heraus. Claudi findet das unanständig und ist ein bisschen in Sorge. Er verfolgt Plim, und sobald sie sich hinsetzt, läuft er hin und schiebt die Zunge hinein. »*Rein*, mein Schatz. Rein damit«, sagt er. Ich habe auf so etwas keine Lust und verschieße eisige Blicke.

Ich brauche etwas Neues zum Anziehen, am besten aus PVC und mit Blendschutz. Ich möchte die Konturen meines Gesichts verändern; es sollte vollkommen rund sein. Ja, ich brauche ein halbkreisförmiges Kinn und einen Rosenknospenmund, um mit Billy fertigzuwerden. Dazu zehn Stunden Schlaf pro Nacht und eine volle »Mir doch egal«-Ladung Zigaretten, Schallplatten, Friseurtermine, Filme und so weiter. Ich mache mich ans Werk und merke dann erst, es ist nicht genug. Selbst, wenn ich jede Stunde des Tages mit oberflächlichen Freuden überlade, werde ich den Duft von Billys Haut nicht los, oder die Erinnerung an seine gebieterischen, starken Arme um meinen Leib. Zweitausend Gurkensandwiches, ein Ferrari, ein Sommer, Himbeergelee, Tischtennis und ein nacktes Picknick im hohen Gras könnten mich vielleicht von ihm ablenken. Er weiß eine Frau zu umwerben, das muss man ihm lassen. O Gott, warum macht er nicht ein paar Fehler? Früher oder später wird ihm einer unterlaufen, es kann nicht anders sein; sicher versteckt er seine Art zu tanzen vor mir, irgendwelche David-vor-der-Bundeslade-Schritte, die ihn bloßstellen werden, und dann lasse ich ihn gnadenlos fallen. Ich will um jeden Preis verwöhnt und verhätschelt werden. Ich brauche *Geschenke.*

Nun, da sind die D'Annunzio-Erstausgabe und das Gemälde, zwei der unbefriedigendsten Gaben, die mir je überreicht wurden. Harte Intellektuellenwährung. Ein Kompliment an meinen Verstand, aber einfach nur dumm, denn D'Annunzio konnte nicht schreiben, geschweige denn denken. Trotzdem, ich mag die grünen Bändchen. Nein, ich brauche etwas, das ich essen, tragen oder ins Bett mitnehmen kann … (Billy!) Ja, ich bin undankbar, unmöglich zufriedenzustellen, unmenschlich, böse und fordernd. Gut so! Nur so komme ich gegen Billy an. Ich wandere durchs Haus und übe, wie ich beim nächsten Mal zu ihm aufblicken werde; er ist ungefähr auf Augenhöhe mit den Mänteln an unserer Garderobe. Ich betöre sie mit funkelnden Übungsblicken. Gar nicht übel! Schnell ein kleines, listiges Lächeln hinterhergeschickt, ein und aus wie eine Lampe. Reine Verschwendung für ein paar Mäntel; ich sollte es am Kugelfisch testen.

Der arme, alte Kugelfisch mit seinen fünfzig bis sechzig unblockierten Eroberungen! Warum ist er so schlecht darin, mich zu verführen? Es wäre doch ganz einfach. Anscheinend. Geht mein Blick auf Wanderschaft? Ich hoffe es doch sehr!

Einem Impuls folgend türme ich mir das Haar auf dem Kopf auf und binde es mit einer lässigen Geste zusammen, als hätte ich nie etwas anderes gemacht. Ich ziehe eine große rosa Rose aus dem Strauß, den Claudi vorbeigebracht hat, und schiebe sie, noch nass, von oben in den Haarknoten. Ich betrachte mich im Spiegel. Wozu bin ich fähig? Heute zu fast allem. »Mademoiselle Min, die *grande horizontale* der Gichtkultur, lädt Monsieur Billy, den Bernsteinmusikologen, zu einer langen, erfrischenden Balz mit glücklichem Ausgang ein.« Eine Schallplatte mit diesem Titel auf der Hülle wäre sofort ausverkauft. Ich wiege den Kopf vor dem Spiegel hin und her, bis ich genug davon habe. Bei meinem Anblick habe ich einen lustigen Kommentar von Jenny im Ohr (»Du weißt schon, dass es Männer gibt, die sich zum Beweis ihrer Liebe die rechte Hand abhacken würden? Auch, wenn es unnötig ist?«)

Anscheinend hat Claudi Antennen für meinen veränderten Stoffwechsel. Er schaut immer wieder vorbei, aufgeputzter denn je. Manchmal sagt er: »Min, ich schütze dich lediglich vor dir selbst.«

Er beharrt auf unserer Teeverabredung im Ritz, aber ich weigere mich. Ich habe gerade keine Zeit; es würde mich zu weit von meinen Reverien entfernen – von Billy. »Außerdem geht man zum Tee jetzt ins Waldorf«, sage ich und erschrecke selbst über diesen Verrat.

»Aber du hast Ritz gesagt«, jammert Claudi; ihm ist klar, dass ich unseren Ehrenkodex gebrochen habe.

»Ich weiß, dass ich Ritz gesagt habe. Aber du willst doch nicht etwa, dass ich Wort halte, oder? Das Einzige, was mich jung und gesund hält, ist meine Unehrlichkeit.«

»Unsinn. Du bist die vertrauenswürdigste Frau, die ich kenne.«

»Ich gehe *nicht* ins Ritz.«

Claudi läuft ein Mal die Kanten des Läufers ab, auf dem er stand, und sagt:

»Wenn du nicht eine so at-trak-tive Frau mit wirklich guter Figur wärst …«

»Waldorf.«

»… und zugleich so schnippisch, eine richtig boshaftes Miststück …«

»Dieser Tage regt George mich furchtbar auf. Wenn er zu laut mit den Türen knallt, gehe ich nach unten und rufe: ›Knall, knall, knall!‹«

»Nein, du hast kein Problem damit, dich aufzuführen wie ein Miststück.« Er zittert, als stünde er unter Strom. Was würde er eigentlich *nicht* tun, um meine Aufmerksamkeit zu bekommen? Er tut so, als wäre er wirklich wütend. Nach allem, was wir gemeinsam durchgemacht haben! Seine Wangen glühen, an seinem Hals treten besorgniserregend viele Adern hervor.

Ich berühre seinen Ärmel.

»Vorsicht, mein Lieber, sonst kühle ich dich mit der Gießkanne ab.«

Er schmollt und glüht weiter, starrt zu Boden wie ein Zehnjähriger und murmelt übermütig:

»Im Moment interessierst du dich wohl für niemanden als dich selbst, Min. Du kreist nur um dich selbst, die anderen sind dir egal. Ist dir klar, dass du neulich fast deinen guten alten Freund verloren hättest?«

Er kommt näher und sieht mich an wie ein irre loyaler Hirtenhund; fast hängt seine Zunge heraus wie die von Plim-Plam.

»Wirklich? Was ist passiert?«

»Ich musste übers Wochenende verreisen und habe kein Taxi bekommen, also habe ich versucht, vor der King's Cross Station zu parken …«

Claudi ist wirklich skrupellos. Er macht sich tatsächlich die Mühe, eine emotionale Verletzung vorzutäuschen, nur um mir eine langweilige Parkplatzgeschichte unterzujubeln. Gestern erst musste ich ihm zuliebe nachschauen, wo die Cadogan Street ist; er hat den Sketch mit der Parkplatzsuche von langer Hand geplant.

»… und kaum habe ich angehalten, um mich für einen Moment zu sammeln, steckt ein Polizist den Kopf zum Seitenfenster herein und sagt: ›Sie dürfen hier nicht parken.‹«

»Warte mal!« Ich hebe die Hand wie eine Polizistin, die den Verkehr stoppt. »Claudi, du bist doch nicht etwa so unverschämt, mir eine Geschichte davon zu erzählen, wie du dir einen Strafzettel fürs Falschparken eingehandelt hast? Das würdest du nicht wagen, oder? Denn in dem Fall verliere ich den Glauben an die Menschheit.«

Er verstummt. Seine Miene wird noch komischer. Die Geschichte vom Strafzettel wartet nur darauf, in die Welt hinausgelassen zu werden, sie liegt ihm auf der Zunge, und das, wie ich aus seinem Eifer schließe, schon seit geraumer Weile. Dass er sie nirgendwo erzählen konnte, beweist nur, wie unglaublich langweilig sie ist. Ich erschaudere.

Claudis hochrote Wangen und zuckende Lippen verraten sein Schuldbewusstsein. Stotternd trägt er das Ende einer höllisch langen Geschichte mit vielen Wendungen vor:

»Und dann haben sie es auf einen Parkplatz in Waterloo abgeschleppt und die Schlüssel lagen immer noch am Boden des Lichtschachts!«

Ich lächele so spöttisch süß wie seit Billys Kuss nicht mehr und sage gutgelaunt:

»Gott sei Dank habe ich das im Keim erstickt.«

Um sich zu rechtfertigen, ruft Claudi:

»Du willst mit dem Kugelfisch durchbrennen!«

»Ja, weil du mir nicht geholfen hast, ihn loszuwerden.«

»Das wolltest du doch gar nicht! Ich habe mich nur nach deinen unausgesprochenen Wünschen gerichtet, nach dem geheimen Verlangen in deiner Brust!«

»Claudi, deine Zunge hängt heraus wie die von Plim-Plam.«

»Ja, meine Liebe, ich sabbere vor Lust, wie dein dicker Bariton.«

»Oh, mein schöner Bariton!«

»So ist das also?«

»Was hast du erwartet, bei so viel Elan?«

»Min, was in deinem rosa-weißen Porzellanköpfchen vor sich geht, werde ich wohl nie erfahren. Entweder bist du die schlechteste Intrigantin der Welt oder ein kleines Schulmädchen, das von Dingen redet, die es nicht versteht.«

9

In den Pausen wird es Lachs und Champagner geben. Nie habe ich den Kugelfisch so aufgekratzt erlebt. Er hat sich in Schale geworfen: kosmopolitischer Smoking, weiches, weißes Hemd mit raffinierten, schwarz paspelierten Volants auf der Brust (fast sehen sie aus wie Rüschen). Dazu eine lila Fliege und in der Brusttasche ein lila Einstecktuch aus Seide, beide makellos gestärkt, oder täuschen mich meine Augen? Ein Opernumhang, wiederum paspeliert in Lila. Sein Haar ist zurückgekämmt und parfümiert, ebenso glänzend wie gekringelt (mit einem Brenneisen?). Handschuhe, Programmheft (falls ich eins brauche), natürlich eine Schachtel Schnapspralinen, um mich schneller betrunken zu machen, und eine langstielige rote Rose. Um das Ganze noch zu toppen, trägt er saubere, auf Hochglanz polierte Schuhe, in denen er seine Körpermasse recht anmutig manövriert. Mit diesem Mann könnte man glatt Schlittschuhlaufen!

Billy, *wo bist du*?

Und zwischen den sauberen Fingerspitzen des K. steckt der zerknitterte Umschlag, auf dem ich ihm meinen achtlos hingekritzelten Menüwunsch geschickt habe.

Glaubt er, der Anblick wäre mir peinlich? Nein, glaubt er nicht. In den vergangenen Monaten ist er erwachsen geworden. Er gibt sich Mühe, mir zu erklären, aus welchen komplizierten Gründen er einige Menüpunkte stornieren musste.

»Mir ist eingefallen« – der breite, heute parfümierte Kopf neigt sich herunter – »wie sehr Sie Räucherlachs mögen. Einmal haben Sie gesagt, dafür würden Sie die ganze Nacht aufbleiben.«

»Und genau das habe ich vor.«

»Wissen Sie, ich musste wirklich lachen, als Sie beschrieben haben, wie Sie im Bett sitzen, eine Zitrone über dem Lachs ausdrücken und dabei *Krieg und Frieden* lesen.«

»Tja, zu schade. Heute esse ich den Lachs bestimmt nicht im Bett.«

»Ha, ha, ha. Nein, natürlich nicht.«

»Hi, hi, hi. Da liegen Sie goldrichtig.«

Ich trage Schwarz wie zu einer schicken Beerdigung, der von Fürst Jussupow vielleicht. Außer dass ich dafür ein bisschen zu viel Haut zeige. Oh ja; obwohl ich meine Nacktheit auf das Minimum beschränkt habe, atmet der K. so schwer wie ein Nichtschwimmer beim Kraulen. Ich trage ein sehr kurzes Crêpekleid mit tiefem V-Ausschnitt. Es endet hoch am Oberschenkel, meine Beine habe ich mit Creme auf Hochglanz gebracht. Aber eigentlich sind es meine Füße, von denen der K. den Blick nicht abwenden kann. Sie stecken in vulgären Sandaletten mit Strassbesatz, in denen meine Zehen hübsch gerade aussehen. Liegt es daran? Nein, es liegt daran, dass sie *nackt* sind. Nackte Füße an einem spätherbstlichen Abend entsprechen in Europa etwa zwanzig Hundertereinheiten *K.-Sutra*. Glauben Sie bloß nicht, ich hätte es absichtlich getan. Im Gegenteil, hätte ich gewusst, für welchen Aufruhr meine Füße sorgen, würde ich jetzt Gummistiefel tragen. Falls der K. glaubt, diese beiden nackten Füße gehörten zu seiner Nummer 61, soll er sich und seine Glotzaugen in die Pampa schleppen; da hilft alles Stieren und Starren nichts.

Uff! Anscheinend glaubt er an große Gesten. Noch nie wurde ich so gekugelfischt. Was ist das für ein Eau de Cologne? Er verteilt es hier und dort, in schweren Moschuswellen entströmt es seinen vormals stinkenden Achselhöhlen. Ich ersticke fast, muss aber zugeben, dass es gut riecht. Ich erinnere mich, wie Claudi den Mantel des K. beschrieben hat, den alten mit dem Pelzfutter: »Er riecht, als er hätte er ihn einem toten russischen Obergefreiten ausgezogen.« So sinnierend, erscheint mir auch der Duft an diesem Abend sehr russisch. Er beschwört das Sankt Petersburg der Zaren herauf, zerstört auf dem Höhepunkt seiner Pracht, abgefüllt und als Rasierwasser verkauft … man denkt an Kronleuchter, Eiskübel und Russen, die in geschlossenen Räumen Krokodillederschuhe tragen und sich auf Französisch unterhalten.

Plötzlich macht er einen Fehler! Ein Summen entweicht ihm. Er schluckt es sofort hinunter und muss sich fragen, ob ich es gehört habe. Habe ich. Sein Hemd und die Smokingjacke rascheln zerknirscht. Er sieht auf seine Armbanduhr.

»Nun, wenn Sie bereit wären …«

Natürlich bin ich nicht bereit. Mal sehen, wie schlecht er sich beim Warten anstellt. Er *hasst* es, in der Oper zu spät zu kommen.

In den silbrigen Lacklederhandschuhen sehe ich aus wie eine Chirurgin, die auf einem Raumschiff Operationen durchführt, also greife ich zu schwarzem Rehleder. Es schmiegt sich so stramm an meine Finger, dass es sich anfühlt, als würden sie von einer kleinen, schwarzen Hand gehalten. Was brauche ich noch für diese Beerdigung? Die schwarze Satintasche aus Italien, groß genug für einen Lippenstift von der Größe eines Torpedos, ein Parfumfläschchen (unterschätz mich nicht, du alter Kugelfisch!), ein weißes, von Schweizer Nonnen mit meinen Initialen besticktes Spitzentaschentuch (schäm dich, Carlos, hast du denn gar keinen Anstand? *Nonnen!*), meine Brille, damit ich alle Gesichter auf der Bühne erkennen kann (ich werde sie verstohlen aufsetzen, sobald die Saalbeleuchtung erlischt), meine Puderdose, mit dem Teelöffel aus dem großen Pudervorrat in der Farbe Banana Pink befüllt, meinen glänzenden Aluminiumkamm, der aussieht wie vom Hundefriseur, kein Geld (ich werde mir etwas vom K. leihen; es ist meine Pflicht, ihn zu schröpfen), und das ist dann anscheinend alles. Nein, halt – Sicherheitsnadeln, einen Nagelknipser für die Hinfahrt, den Haustürschlüssel und natürlich Ringe. Einen davon trage ich über dem Handschuh. Zuletzt den Pelzmantel. Waschbärenfell. George hat ihn mir letztes Jahr zu Weihnachten geschenkt; ich habe ihn gekürzt und trage ihn mit einem Gürtel.

Die knarrenden Wartegeräusche unten im Flur steigern sich zu einem Crescendo. Oh – mein Fächer! Fast hätte ich ihn vergessen. Als ich die Treppe herunterkomme, stehen dem K. längliche Schweißperlen auf der Stirn wie Regentropfen auf einem Daimler. Ich säusele:

»Aber wir haben doch noch so viel Zeit!«

»Wenn der Verkehr es zulässt, sind wir mit Mühe pünktlich.«

Da ich es immer so mache, bin ich kein bisschen gestresst; ich lasse mich auf den bequemen Autositz sinken.

Der K. lässt den Motor laut aufheulen und fährt uns in seinem 1957er Cadillac davon. Ich bin ein bisschen enttäuscht, aber der K. würde niemals Geld für etwas ausgeben, das nicht seinem Körper zugute kommt. Seine Physis sorgt dafür, dass er, um Sexualpartnerinnen anzulocken oder mit äußerer Schönheit zu punkten, kein Auto braucht. Das Auto ist laut, aber ein gefragter Oldtimer. Ich muss schon sagen, durch diese Fenster wirkt London ganz verändert. Wieder meine ich, Sankt Petersburg zu sehen – funkelnd weiße Sternenlichter und fremd anmutende Bäume (oh, Billy), deren Silhouetten sich vor der Theaterbeleuchtung bis ins letzte Zweiglein abzeichnen.

Während wir dahintuckern, mache ich mich zurecht und vertraue darauf, dass der K. geradeaus durch die Windschutzscheibe starrt. Er achtet nicht auf den Verkehr, sondern blickt – wenn er die Augen leicht zusammenkneift, was er tut – viele Kreuzungen voraus, wo sich just in diesem Moment der Vorhang zu heben droht. Woraufhin der K. das Gaspedal durchtritt. Seine Lippen sind so verkniffen wie die eines Akademikers oder einer alten Dame; kein schöner Anblick, wie sie sich runzlig aufeinanderpressen. Hoffentlich glätten sie sich, wenn wir angekommen sind.

Mit der flammenden Energie eines Cellini, der Perseus in Bronze gießt, mache ich mich an die Arbeit. Ich erledige sie bis ins kleinste Detail, genau wie er, bis hin zum gefeierten Zeh der Gottheit. Mein Haar ist starr in Position gebracht und zu dicken, goldglänzenden Wellen arrangiert. Verdammt, jedes Mal, wenn ich in den Spiegel schaue, halten wir plötzlich an einer roten Ampel und ich erstarre wie ein Reh, während ringsum die Autos zum Stillstand kommen. Ist Ihnen schon einmal aufgefallen, dass es Autofenster in jeder erdenklichen Höhe gibt? Wenn die Wagen anhalten und die Leute herausschauen, fühle ich mich an uneinheitliche Apartmentblocks erinnert, wie sie in Limehouse die Bahnstrecke säumen. Fast erwarte ich, eine volle Wäscheleine zu entdecken oder einen Wellensittichkäfig, in dem ein energiegeladener gelber Vogel sich im verschmierten Spiegel betrachtet.

Draußen streicht die satte Abendluft vorbei. Ich kurbele die Seitenscheibe herunter und halte die Nase in den Wind: beste Qualität. Sofort erschaudert der K. wie eine arme Gewächshauspflanze.

»Carlos, Sie sollten Handschuhe tragen. Sonst holen Sie sich an den Schalthebeln noch eine Erkältung.« *An den Schalthebeln* strotzt vor Sarkasmus, ist aber geschmackvoll; trotzdem kämen sich die meisten Männer in so einem Moment lächerlich vor.

Die Antwort des K. war zu erwarten.

»Danke … womöglich haben Sie recht.« Dafür, dass er die Handschuhe während der Fahrt überstreift, stellt er sich recht geschickt an. Ich vergesse immer wieder, dass er ein guter Pianist ist. Wahrscheinlich hat er furchtbar routinierte Finger.

»Übrigens, da ist etwas Terrine im Handschuhfach, Min, nur für den Fall, dass Sie Hunger haben.«

Hallo … was ist hier los? Kann er hellsehen? Anscheinend ist er heute Abend fest entschlossen, mir zu gefallen. Vielleicht war der zerknitterte Umschlag verräterischer, als ich dachte. Falls der Kugelfisch zwischen den Zeilen eine Liebesbotschaft entdeckt hat, lautet sie: »Lieber Lousy, falls du hoffst, mich abzufüllen, kannst du in deinem eigenen Saft schmoren. Viele Grüße, Little Nell.« (Wie immer habe ich den Text leicht abgewandelt, aber die Botschaft ist unmissverständlich.) Hmm. Er will mich mit meinen eigenen Waffen schlagen. Auf einmal traue ich ihm zu, dass er für heute Abend ein Spanferkel ins Opernfoyer bestellt hat. In dem Fall werde ich einfach nach Ananas verlangen.

Ich öffne das Handschuhfach. Und in der Tat, auf einem weißen Pappteller liegt eine in fettiges Papier eingeschlagene Terrine. Hurra! Ich beiße vorsichtig hinein und versuche, die doppelte Farbschicht auf meinen Lippen nicht zu beschädigen. Sie erstarren zu einer Schnute, durch die ich das arrogante, straßenköterfarbene Hybrid aus Fleisch und Gelee schiebe und dann unzerkaut hinunterschlucke.

Die zeitliche Lücke zwischen dem beschleunigenden Auto und dem sich hebenden Vorhang schrumpft mit jedem dunklen Häuserblock, an dem wir vorbeirauschen. In Gedanken können wir hören, wie die schönen, fülligen Sänger in der Garderobe Triller aus den starken Kehlen pressen. Der arme Kugelfisch, ich bin eine echte Belastung! Gäbe es mich nicht, würde er jetzt volltönend knurren. Wir denken an die Kulissen, die leicht ruckelnd in Position geschoben werden, an Glühbirnen, die eingeschaltet werden und wieder aus. Aber so lange die Fagotte im Orchestergraben noch keine Tonleitern üben, haben wir nichts zu befürchten.

Fluchend lässt der Kugelfisch die Kupplung schleifen. Ah, eine Parklücke! Grabstätte so manch schönen Abends.

Umständlich setzt er den Wagen zurück, wobei sich seine Halshaut verdreht (»Nicht jeder kann so hart sein wie ein Tennisball«). Ein letztes Erzittern, und wir haben es geschafft. Kein Wunder, dass man heute vom Autofahren spricht, als wäre es ein Beruf. Nach vierzig Minuten auf einem fremden Beifahrersitz fühle ich mich wie nach einer Wiedergeburt oder nach einem Ausflug in ein anderes Leben.

Aus der Häuslichkeit des Autos klettere ich auf die kalte, gefährliche Straße hinaus. Ich fühle mich so schutzlos wie ein frisch geschlüpfter Schmetterling; das Parfum an meinem Hals ist noch nicht einmal trocken.

Der K. kegelt uns beide in seinem Opernumhang weiter, und schon sind wir am Ziel. Meine Güte, diese erlesene Stickigkeit! Auf den türkischen Teppichen eilen frischgewaschene Menschen hin und her. Man kommt sich vor wie an der Börse. Mir gefallen die Schwestern vom St John's; sie können die ersten Opfer gar nicht erwarten und schubsen uns mit ausgefahrenen Ellenbogen und burschikoser Herzlichkeit beiseite. Ihre antiseptischen Leinenhauben verleihen dem olfaktorischen Spektrum des edlen Opernhauses erst das gewisse Etwas. Heute Abend sind viele muffige, ausgetrocknete Pelze gekommen; in Schulterhöhe wähnt man sich auf einer Farm für verschreckte Füchse. Wie lautstark sich die Mittelklasse unterhält; glaubt sie, sie müsse sich über eins von Daddys Feldern hinweg verständigen? Andere Leute schweigen, starren geradeaus, schieben sich unerbittlich im Zweiergespann vorwärts und atmen durch den geöffneten Mund. Gott segne die Rempler vom Festland; beide Geschlechter sind zahlreich vertreten, hässlich wie die Nacht und vollkommen salonfähig. Die Wagnerianer stechen selbst an einem Verdi-Abend heraus: Männer und Frauen mit dickem blauen Lidschatten und irrem Blick, die durch die Säulengänge schwärmen, sie haben länger gelebt und hegen schrecklichere Ansichten und sehen noch hässlicher aus als alle anderen zusammen.

Der Kugelfisch ist in seinem Element. Er kennt hier *jeden*. Die Leute katzbuckeln vor ihm. Er schlüpft in unterschiedliche Rollen, je nachdem, wem wir begegnen. Er spricht fließend Deutsch und Italienisch, und das nicht einmal, um anzugeben. Eine Studentin mit Kindergesicht sagt über einen seiner bevorstehenden Auftritte:

»Es ist mir egal. Ich werde trotzdem kommen, Carlos, selbst wenn Amy den Wotan singt.«

Langsam steigen wir hinauf zur Foyerbar, wo sich schöne Menschen herumtreiben – jene spezielle Sorte von verboten gutem Aussehen, wie man es nur durch einen unsteten Lebenswandel und ungelüftete Schlafzimmer bekommt. Diesen schwermütigen Glamour eignet man sich nur an, indem man seine Zeit zwischen der Beauty-Abteilung und dem Medikamententresen aufteilt. Die Köpfe der männlichen Begleiter schimmern wie braun lackierte Türknaufe.

Moment mal, was habe ich getan? Unerklärlicherweise ist ein Champagner-Cocktail durch meine Kehle geflossen, und nun fühle ich mich, als hätte ich Glasscherben verschluckt. Wir stehen im Zentrum einer angenehm aufgeregten Gruppe, alle reden furchtbar lautes, schlaues Zeug. Wahrscheinlich das beste Blabla des Hauses, trotzdem bekomme ich weiche Knie. Ich ärgere mich über Billy; warum ist er nicht hier? Es klingelt, wir gehen zu unseren Plätzen.

Vom ersten Rang aus kann man fast das gesamte Publikum überblicken. Der K. nimmt neben mir Platz und sieht mich an. Er hält mir ein Opernglas hin. Auf einmal sehe ich, wie freundlich sein Blick ist, und er selbst ist beflissen, empfindsam und sehr gescheit, brillant eigentlich. Reue überkommt mich. Zwei Jahre lang habe ich diesen Mann gekränkt, und im Gegenzug hat er mir nichts als Freundlichkeit erwiesen. Vielleicht liebt er mich sogar, zusätzlich zu seiner Verliebtheit. In dem Fall sollte ich die Sache ernster nehmen und mich zusammenreißen.

»Carlos …« So sanft habe ich noch nie mit ihm gesprochen.

Er nimmt meine Hand, drückt sie verständnisvoll, streicht kurz über die Fingerknöchel und legt sie dann in meinen Schoß zurück. Ich möchte aufspringen und schnurstracks nach Hause laufen.

Das Licht erlischt. Der riesige, rotgoldene Vorhang, mit Fransen und Quasten besetzt und schwerer als zwanzig blutgetränkte Löwen, wird aufgezogen.

Zut! Da ist das Wirtshaus zum Hosenbund – wir sind schon mittendrin. Die Leute singen fröhlich und schmeißen mit Gegenständen. Der Löwenkopf neben mir hält still und lächelt andeutungsweise. Ich seufze und mache mich auf einen Kunstgenuss gefasst.

Bis zum Liebesduett – *Labra de foco!* – ist noch alles in Ordnung, aber danach ertrage ich es kaum noch. Neben einem Mann in der Oper zu sitzen, in den man nicht verliebt ist, verstärkt nur die Sehnsucht nach dem Abwesenden. In der Tat scheint das ganze Opernhaus betroffen zu sein: Jeder ist in jemand anderen verliebt. Die Sehnsucht in ihren Gesichtern, das verzweifelte, einsame Beben der ins Korsett geschnürten Leiber!

Ich bin fasziniert und verzaubert. Meine Seele wird in Stücke gerissen, und in der ersten Pause wünscht sie sich zur Abkühlung Champagner wie eine überhitzte Geige. Der ebenfalls sehr gerührte K. führt mich zu einem kleinen Tisch gleich neben der Treppe, wo zwei vergoldete Stühle an die Tischkante gelehnt zum Tête-à-Tête bereitstehen. Und auch eine Flasche Champagner im Eiskübel.

Räucherlachs. Ich stöhne, dann greife ich zu. Ich will mich nur noch betrinken und Billy sehen. Ich fühle mich so unberechenbar wie Raquel. Bei dem Gedanken an sie befällt mich eine seltsame Vorahnung, und ich hebe den Kopf.

Aber ja – natürlich! Sie haben richtig geraten. Da ist sie, sie steht mitten in einem Grüppchen angeregt plaudernder Menschen, hübscher denn je in einer Art Sari, der sich wie sonst (womit ich sagen will: wie sonst ihre Blusen) so vorteilhaft anschmiegt, dass ihr beeindruckender Busen zur Geltung kommt. Aber mit wem ist sie hier? Angestrengt kneife ich die Augen zusammen. Kann das sein? Neben ihr steht ein äußerst attraktiver Inder in einer tiefschwarzen, bis an den Hals zugeknöpften Jacke. Oh, anscheinend handelt es sich um die Wiedergeburt von Krishna, distanziert und jadekalt.

Ich denke nicht mal im Traum daran, den Kugelfisch darauf hinzuweisen. Soll er es doch selbst merken. In einem Opernhaus kann sich niemand verstecken. Was weiß ich – am Ende sitzt Billy unten im Orchestergraben?

O Gott, heute Abend sind wirklich alle gekommen. Wo ist George? Und Claudi? Wir könnten die Partner tauschen und eine Gavotte tanzen.

Raquel kommt näher. Dieses Biest. Den Inder zieht sie hinter sich her wie eine stolze, in Ketten gelegte Statue. Wenn ich an Jennys und meine vorbildlichen Kenntnisse der indischen Kultur denke, bis hin zu dem unaussprechlichen Laut »Sût«, könnte ich heulen. Jede Wette, er heißt Ram.

Raquel stellt ihn vor. Zum ersten Mal im Leben habe ich den Eindruck, dass tatsächlich alle herüberschauen; und ich bin zwischen Kugelfischen, Rams und erfolgreichen, strahlenden Rothaarigen eingeklemmt wie in einer Zange. Verdammt!

Ich bin froh, wieder auf meinen Platz zurückzukommen, doch sobald ich sitze, suche ich im Parkett nach bekannten Gesichtern. (Billy!)

Ich komme erst am Ende des zweiten Akts wieder zu mir. Irgendetwas an der Szene mit Mrs Quickly kommt mir bekannt vor. Der Flirt, das Versteckspiel, das Hereingeplatze, Falstaff im Wäschekorb. Ach so! Ich fühle mich an Claudi und seinen Fischhändlerstreich erinnert! Ich kann nichts dagegen tun, ich muss lachen.

In der zweiten Pause bin ich schon in viel besserer Verfassung. Der K. ist in Bestform. Manche Frauen können die Augen nicht von ihm losreißen. Der lässig über das Goldstühlchen drapierte Umhang, das Klirren unserer pausenlos erhobenen Gläser, unser geübtes, ununterbrochenes öffentliches Essen und unsere (meine) schlagfertigen Kommentare verleihen uns die strahlende, autoritäre Aura einer wirklich erfolgreichen Religion.

Seit ich (in meiner Vorstellung) gesehen habe, wie der K. auf der Bühne in den Wäschekorb steigt und Claudi den Deckel zuschlägt, sprühe ich Funken. (»Und ich komme in einer gestreiften Schürze rüber und haue ihm einen Knüppel auf den Kopf.«) Ich frage:

»Haben Sie je die Wäschekorbszene gespielt?«

Er leert sein Glas, überlegt, tupft sich den Mund mit der Serviette ab (warum nimmt er nicht gleich ein Sitzbad, bevor er antwortet?) und sagt:

»Sehr oft sogar. Wissen Sie, wenn man nicht aufpasst, kann man sich, während man unter der Bühne durchrutscht, ernstlich verletzen. Einmal habe ich mir den Nacken verdreht und musste sechs Wochen lang zur Massage.«

»Ist die Schmutzwäsche nicht schlecht für Ihre Nasennebenhöhlen?« (Ich kann es mir nicht verkneifen.)

»Nein, es geht.« Er hebt den Kopf und denkt nach. Er weiß genau, was ich spiele, und er steigt nicht darauf ein. Er hat den Ausgang des Abends zu sorgfältig geplant, um jetzt noch ins Straucheln zu geraten. Er dreht den Kopf langsam beiseite, ohne mich aus den lüstern glänzenden Augenwinkeln zu lassen.

Raquel schiebt sich halb in unser Blickfeld und verschwindet wieder. Auf einmal bin ich überzeugt, dass mein Ausschnitt nicht tief genug ist. Gedanken sind hochinfektiös, denn der K. sagt:

»Also wirklich, Ihre Freundin … sie weiß einen Sari zu tragen. Nicht viele Europäerinnen …«

Unglaublich, welch abgedroschenen Unsinn der K. von sich gibt. Ich habe diesen Kommentar schon zweihundert Mal gehört, und wer länger auf der Welt ist als ich, hätte wohl einen noch höheren Score zu bieten. Was noch unglaublicher ist: Es funktioniert! Ich wehre mich genau so, wie er es beabsichtigt hat:

»Du lieber Himmel, kommen Sie mir nicht mit diesem Schöne-Frau-im-Sari-Gesülze. Es passt nicht zum Champagner. Das Beste an den beiden« – ich beuge mich vor – »ist der Mann. Er hat die ovalen Augen des perfekten Liebhabers.«

Das habe ich mir spontan ausgedacht, aber die Wirkung ist spektakulär. Anscheinend glaubt der K. jetzt, ich wäre sehr erfahren. Ich fühle mich in die Bordellzimmerecke gedrängt, als er prompt (prompt!) fragt:

»Dann bevorzugen Sie also die Liebe östlich des Suezkanals?«

O je. Was nun? Ich habe mich in die Bredouille gebracht. Um Zeit zu gewinnen, ramme ich meinen Löffel in den Obstsalat. Liebe östlich des Suezkanals, aha … was zum Teufel soll das heißen? Wahrscheinlich irgendetwas Schmutziges mit Stäbchen und Weitsprung.

Ich beschließe, nicht zu antworten. Stattdessen verziehe ich angewidert die Lippen, weil mir der neue Champagner nicht schmeckt, und denke an Billys Kommentar zum Thema minderwertiger Schaumwein: »In Flaschen abgefülltes Spülwasser vom europäischen Festland.«

Der K. hält weiter Blickkontakt, bekommt aber nichts dafür.

Schließlich fällt mir ein guter Satz ein, der die Waagschale der Macht in meine Richtung neigen sollte. Mit hoher, blecherner, sehr englischer Stimme sage ich:

»Es ist nur, weil er so ein überwältigend schöner Mann ist. Ich kenne eine Frau« – Jenny –, »deren Nase zu laufen anfängt, sobald sie einen attraktiven Mann sieht. Außerdem sind alle Inder gute Sportler, Carlos.«

Und nun will ich sehen, wie du dich da rausredest, Signor Autofahrerhandschuhe! Der K. öffnet den Mund und sagt:

»Aber nicht alle haben einen Schwarzen Gürtel.«

»Im Judo? Wer hat den schon. Sie etwa?«

»Ähhhh«, murmelt er. »Ja.«

Oh. Er ist so hart wie ein Tennisball. Claudi und ich müssen in dieser Monopoly-Partie zurück auf Los, und die Karte »Du kommst aus dem Gefängnis frei« müssen wir auch abgeben.

Ich mustere ihn unzufrieden. Es ist wirklich zum Haareraufen: Ich finde keinen Fehler an ihm. Außerdem mag ich ihn nicht. Beleidigt frage ich:

»Carlos, glauben Sie, dass ich Sie mag?«

Er überlegt, dann sagt er zögerlich:

»Ich glaube, das spielt keine Rolle. Ich glaube, dass Sie mich brauchen, sehr dringend sogar.«

Ich koche vor Wut, setze mich kerzengerade auf und versuche, ihn mit meinem Drachenblick zu töten. Der clevere K. Ich frage:

»In welcher Hinsicht?« (Ich muss den Verstand verloren haben.)

Das ist seine Gelegenheit, eine lächerliche Ansprache zu halten – so kitschig, dass sie mein Herz aus rostfreiem Stahl berührt. Der K. ignoriert die Gefahr, erhebt sich beim Klingeln, das den letzten Akt ankündigt, und geht um den Tisch herum, um meinen

Stuhl zurückzuziehen. Seine tadellosen Manieren sind ausschließlich für den öffentlichen Gebrauch gedacht; privat würde er einer Frau nicht einmal den Schnürsenkel binden oder ihr Zucker für den Tee anreichen. Ruhig sagt er:

»Ich glaube, Sie brauchen mich in sexueller Hinsicht.«

In jubelnder Ekstase beugt er sich über mich, so hoch und schräg wie ein dampfender Schlafwagen in der winterlichen Gare de Lyon.

Könnte ich die Besätze an seinem Revers mit Blicken versengen, ich würde es tun.

Aber dann sage ich mir, dass ich immerhin am Leben teilnehme. Doch bin ich alt genug für dieses Spiel oder schon zu alt?

Bis zu den »Bravos« und dem letzten Vorhang wechseln wir kein einziges Wort mehr. Ist Ihnen aufgefallen, dass er an diesem Abend nur ein einziges Mal *Ähh* gesagt hat?

10

»Ich sagte: ›Wenn Sie mich anfassen, schreie ich Zeter und Mordio.‹«

»Wie *vieux jeu*.« Das war Jenny.

»Der Mann ist altmodisch, da muss man altmodische Ausdrücke verwenden. Außerdem war die Situation an sich schon altmodisch.«

»Ja, aber sein Verhalten erscheint mir recht zeitlos.«

»Na ja, er hat nicht geantwortet. Stattdessen hat er angefangen, sich auszuziehen, als wäre er in seinem eigenen Schlafzimmer. Seine Uhr und das Kleingeld aus seinen Taschen und so weiter hat er auf den Tisch gelegt. Eine Frechheit.«

»Wie, um Himmels willen, hast du reagiert?«

»George lag oben im Bett, also bin ich herumgetänzelt und habe *psssst* gemacht.«

»Min, ich glaube, im Umgang mit Sexbesessenen bist du nicht besser als ich.«

»Ich wusste ja nicht, dass er einer ist! Bis er dann in Hemd und Hose vor mir stand. Willst du wissen, wie er auf mein Psssst reagiert hat? Er hat genickt und sich die Schuhe ausgezogen.«

»Wirklich stillos.«

»Und dann das Hemd!«

»Nein! Konntest du ihn nicht aufhalten?«

»Aufhalten? Ich wollte ihm nicht zu nah kommen. Ich wollte nicht mal im selben *Land* sein wie er.«

»Wie sah er ohne Hemd aus?«

»Furchteinflößend! Er trug einen Kummerbund aus Satin.«

»Igitt! Wahrscheinlich sein schwarzer Gürtel.«

»Er besteht aus Unmengen platinweißer Haut. Er hat praktisch das ganze Wohnzimmer ausgefüllt. Ich wusste nicht mehr, wohin.«

»Ganz im Ernst, die kennen keine Scham …«

»Ich stand da und habe entsetzt zugeschaut. Dann hat er sich seelenruhig eine Zigarette angezündet und gesagt: ›Lass uns Liebe machen. Ich bin gut darin.‹«

»Das finde ich eher entwaffnend.«

»Nicht, wenn du in einen anderen verliebt bist!«

»Was hast du also getan?«

»Ich werde es dir sagen. Ich habe mit mir gerungen und ganz kurz habe ich sogar gedacht: ›Vielleicht wäre es eine Möglichkeit, mich aus Billys Bann zu befreien.‹«

»Ein fataler Fehler!«

»Das ist alles nur Raquels Schuld.«

»Puh. Natürlich. Aber du musst schon zugeben, dass du ihn ein kleines bisschen anziehend findest.«

Schweigend denke ich nach, dann sage ich ehrlich:

»Es handelt sich um die Sorte Anziehung, der ich nicht nachgeben möchte. Sie ist mir zu düster. Da ist kein Licht.«

»Ich weiß, was du meinst.« Jenny weiß genau, was ich meine.

»Alles ist in Ordnung, so lange man nicht denkt.«

»Aber du hast gedacht?«

»Ich habe versucht, es nicht zu tun. Ich habe mir gesagt, wie stark, intelligent, außergewöhnlich und anhänglich er ist. Es hat ungefähr vier Minuten lang geholfen.«

»In vier Minuten kann man weit kommen«, sagt Jenny, denn auch wir sind für uns für keinen Witz zu schade. Ich höre sie am anderen Ende der Leitung lächeln.

»Ja. Aber nach diesem Sprint wollte ich aufhören.«

»Und er nicht?«

»Hast du je versucht, eine zischende Dampfwalze aufzuhalten oder einen galoppierenden Bullen?«

»Nein.«

»Ich auch nicht, bis gestern Abend. Ich habe ihm ins Ohr gezischt: ›George wird dich umbringen‹, was aber nicht die geringste Wirkung hatte. Dann habe ich eiskalt hinterhergeschoben: ›*Ich kann deinen Geruch nicht ausstehen.*‹«

»Hat es ihn getroffen?«

»Wie eine Wasserstoffbombe.«

»Ich muss schon sagen, mich hätte es zerstört. Hat er sich davon erholt?«

»Nein. Das war ja die Absicht dahinter. Er hat mich losgelassen und mich nachdenklich angesehen. Dann hat er sich hingesetzt und sich am Kopf gekratzt. Er hat sich eine ganze Weile nicht gerührt. Weißt du, Jenny, ehrlich gesagt glaube ich, dass er in einer Zeitschrift gelesen hat, die vor ihm am Boden lag. Zum Schluss hat er sich sehr, sehr langsam die Schuhe angezogen und sich extrem sorgsam die Schnürsenkel gebunden. Nur sein Gesicht hat mir Angst gemacht.«

»Warum?«

»Es war vollkommen leer. Wie nackte, verbrannte Erde. Wie die russische Steppe. Du weißt schon.«

»Sehr bedrückend. Wenn man sie in ihrer männlichen Eitelkeit verletzt, setzen sie dieses entmenschlichte Marsianergesicht auf und starren ins All.«

»So etwas hatte ich noch nie erlebt. Sein Gesicht war wie ein riesiger Reispudding. Ich habe mich schrecklich gefühlt.«

»Deswegen machen sie das ja. Du *sollst* dich schrecklich fühlen.«

»War ich böse?«

»Kein bisschen. Er hat sich das alles selbst eingebrockt, er ganz allein. Und überleg mal, wie viel Spaß er beim Ausziehen hatte! Das sollte für einen Abend reichen.«

»Außerdem habe ich seinen Kummerbund gesehen.«

»Ja! Du hast seinen Kummerbund gesehen, und genau das wollte er. Es ist, als sähe man ein Kind in der Badewanne.«

»Und ich habe ihn nicht mal fett genannt.«

»Du hast dir also nichts vorzuwerfen.«

»Trotzdem kam ich mir furchtbar gemein vor. Ich hatte sofort das Bedürfnis, ihm etwas zu kochen.«

»Nein, für sie kochen musst du nur, wenn du das Wort ›Gestank‹ verwendet hast, wie Dr. Johnson.«

»Und nach dem Wort ›Geruch‹?«

»Nicht mal ein Ei mit Kressetoast. Andernfalls müsstest du halb London bekochen.«

»Jenny, diese Moral kommt mir absurd vor.«

»Ich weiß, aber das ändert nichts daran, dass man im Moment so fühlt.«

Wir machen Witze darüber, aber der Vorabend steckt mir immer noch in den Knochen. Ich jammere:

»Wirklich ein beängstigendes *dénouement*. Nach all dem Tamtam, dem Programmheft, der Terrine, der roten Rose und der kolossalen Betrunkenheit, mit der wir aus *Falstaff* herausgewankt sind … weißt du, wenn er seine Kleidung anbehalten hätte, würden wir jetzt nicht telefonieren.«

»Du meinst, wenn er *dich* ausgezogen und dabei seinen Umhang getragen hätte …«

»Und die lila Fliege und das Einstecktuch. Alles.«

»Manet hatte mit seinem *Frühstück im Grünen* schon den richtigen Riecher. Schick dem Kugelfisch eine Karte davon, und auf die Rückseite schreibst du: *Lass das Hemd an!*«

»Sehr lustig.«

»Min, ich bin ganz deiner Meinung. Eine Frau möchte als Erste nackt sein oder wenigstens halbnackt. Keine Frage. Oder er hätte dich in einen Polizeigriff nehmen sollen, aus dem du nicht herauskommst.«

»Ach Jenny, so meinte ich das doch gar nicht. Du bist immer gleich so explizit.«

»Min, ohne mich würdest du niemals *leben*. Du würdest dich verkriechen wie ein Wurm.«

»Ich bin kein Wurm. Und heißt es neuerdings ›leben‹, wenn man nach einem langen, anstrengenden Abend den Bauch eines langjährigen Bekannten zu sehen bekommt? Glaub mir, es war schockierend. Ich habe das Bild nicht mehr aus dem Kopf gekriegt: Wir beide in unaussprechlichen Positionen, kreuz und quer.«

»Oh, das darfst du niemals machen! Du musst dich schnell auf das konzentrieren, was du gerade tust.«

»Ich habe gar nichts getan.«

»Und jammer nicht über Bäuche. Du hast nichts weiter gesehen als einen Oberbauch. Warte nur, bis du Ober- und Unterkörper zusammen siehst …«

»Das Seltsame ist, dass ich ihn immer noch genauso mag wie vorher, gleichzeitig finde ich ihn unerträglich …«

»Du magst ihn, findest ihn definitiv anziehend und kannst ihn nicht ertragen. Ganz simpel. Dir ist aber schon klar, dass ein Mann alles aushält, außer eine Frau, die ihn kaltblütig abweist und trotzdem mag?«

»Hmm. Das ist mir egal. So war es nun mal. Ich bin nicht stolz darauf. Zu Billy, meinem Musikwissenschaftler, habe ich einmal gesagt: ›Wer mag dich eigentlich *nicht*, Billy?‹, und er hat geantwortet: ›Leute, die mit dem Leben an sich Probleme haben.‹«

»Ich wüsste nicht, was du anders hättest machen können.«

»Na ja, ich hätte dir das alles erzählen können, ohne mich über ihn lustig zu machen.«

»Das wäre eine Verschwendung! Außerdem war es keine große Sache. Keine Babys, kein Selbstmord.«

»Wenn der Mann über eins achtzig ist, ist es eine große Sache. Dann ist er viel bedrohlicher.«

»Übrigens, Min, wo wir von Bedrohungen sprechen … Erzähl mir mehr von Raquel und ihrem Inder.«

»Sie hat ihn um den Finger gewickelt, und er ist hinreißend. Die ganze Zeit sagt sie kein Wort, aber insgeheim unterhält sie eine stramm organisierte, erfolgreiche, heiße Liebesaffäre. Dabei hätte ich es ihr ansehen müssen. Weißt du, ihre Schultern sind immer so entspannt. Kein Wunder, dass es ihr leichtfällt, hin und wieder einen Abend zu opfern und sich die Vorträge der Ethischen Union anzuhören.«

»Während ich daheim neben einem Telefon sitzen muss, das einfach nicht klingeln will.«

Dass die großartige Jenny den Tränen nah ist, regt mich wirklich auf.

»Oh, Jenny, bitte vergiss ihn.«

Schweigen.

»Du willst doch nicht eine dieser Frauen sein, die sich dem Körper eines Mannes unterwerfen? Du, die so viele bezwungen hat?«

Ein Stöhnen, ein Schlucken.

»Was ist mit dem interessanten Mann mittleren Alters, der sich als Medium ausgibt?«

»Ich will den Gitarristen. Sofort.«

»Kopf hoch. Früher oder später zeigt er dir seine Tanzschritte, und dann fallen dir die Schuppen von den Augen.«

Wenn Fritz sich auf eine Sprachprüfung vorbereitet, stellen wir einander Fangfragen. Während er die ausgespülten Milchflaschen an die Hintertür stellt, sagt er beispielsweise: »Jetzt müssen Sie an ein Wort wie ›warten‹ denken und es in einem anderen Satz unterbringen.«

»Du meinst ein anderes Wort, das so ähnlich ausgesprochen wird?«

»Ja.«

»Ähhh …« (Es ist ansteckend!) »Darf ich mit diesen Gummistiefeln durchs Wasser waten?«

»Oh! Das ist schwer.« Er wiegt den Kopf, gründlich gefangen, und lässt die Flaschen aneinanderklirren.

»Wirst du heute eigentlich das Wohnzimmerparkett wischen?«

»Schon erledigt. Da, sehen Sie! Nicht schlecht, oder?«

»Und unter den Möbeln, Fritz? Hast du unter der Kommode auch gewischt? Was, wenn ein Gast darunterschaut?«

»Wer darunterschaut, kriegt Verdresche.«

Die Zahl der Menschen, denen Fritz Dresche androht, wächst unaufhaltsam: die meisten Frauen, alle frommen Leute (»Die kriegen Verdresche, diese Beter!«), Gäste, die einen Blick unter die Kommode werfen, und neuerdings auch alle Prüfer, die Fangfragen stellen.

Eigentlich vereinfacht Fritz die Sprache zu einer Art neuem Esperanto. Steht jemand vor der Tür, ruft Fritz hinauf:

»Mrs Min. Hier ist.«

Unterm Strich spielen wir den Hausputz aber ganz gut. Nur manchmal verliere ich die Lust, weil er ständig fragt: »Und jetzt?« Dann wird mein Kopf ganz leer, und wir stehen einander ratlos gegenüber. Eine meiner Schwächen besteht darin, dass ich den Staub nicht sehen kann. Entweder man hat einen Blick dafür oder nicht. Mir wurde beigebracht, Fische in einem Bach zu sehen, was bedeutet, dass ich das gläserne Kleid eines Flusses mit Blicken durchdringen und seine Eingeweide sehen kann. Außerdem kann ich, wenn ich eine fremde Treppe hochsteige, allein aus der Art und Weise, wie die Teppichfliesen an den Stufen befestigt sind, ableiten, ob mich oben am Treppenabsatz ein gutes oder ein schlechtes Gemälde erwartet … oh, und aus dem Gerede der Gastgeber natürlich. Bei Staub sieht die Sache anders aus. George wiederum entdeckt den Staub sogar dort, wo keiner liegt. Er hebt eine Vase an, sieht einen Kreis und sagt: »Staub.« Sein größtes Vergnügen ist es, seinen Namen hineinzuschreiben, wahrscheinlich eine reifere Version von Parkbankschnitzerei. Er behauptet, halb London sei verstaubt, und ich antworte: »Ja, aber wir können Fritz nicht zwingen, das ganze Ding zu putzen. Nicht für sieben Shilling die Stunde.«

Manchmal suche ich nach Staub, und dann kommt Fritz um die Ecke und sagt wehmütig:

»Sie wissen aber schon, dass Goethe schrieb, jeder über vierzig sei kriminell?«

»Warum sagst du mir das? Ich bin noch keine vierzig, und du auch nicht.«

»Ja, aber uns fehlen nur noch wenige Jahre.«

»Nun, dann aber schnell mit dem Staubwischen! Danach kannst du dich meinetwegen auf deine kriminelle Zukunft freuen.«

Er wirft einen Blick aus dem Fenster, sieht das goldbraune Licht und ruft erfreut:

»Soll ich das Laub harken?«

Beim Blick in den goldbraunen Garten will ich sofort dasselbe tun, aber er hatte die Idee zuerst.

»Ja, bitte. Aber sei nicht gierig und lass mir etwas übrig. Du bekommst zwei Drittel.«

»Hören Sie, eine Frau sollte nicht harken, das weiß ich genau.«

»Meine Güte, schon bist du vierzig! Und man sieht es dir gar nicht an. Wenn du zu den Blättern nicht nett bist, stelle ich dir keine Fangfragen mehr.«

Zufrieden grummelnd geht er hinaus an die frische Luft. Kein Wunder, dass er sich freut, das englische Wetter ist wirklich abwechslungsreich. Wir haben so viele unterschiedliche Sorten von Regen – alles ist dabei, von schwebendem Musselin bis hin zu bleischweren Tropfen, die aus einem tosenden Himmel herunterfallen. Und dann gibt es noch das lautlose Wetter, wenn nichts es wagt, sich zu bewegen oder auch nur zu rascheln, sowie das weiß geränderte Wetter, ein Vorbote der blauen Kruste aus Frost. Leute, die ihre Seele abschütteln wollen, zieht es immerzu hinaus an die frische Luft.

Aber heute habe auch ich seelischen Kummer, und das liegt nur an meinen Männern. Immer wieder frage ich mich: »Bin ich tatsächlich ein Wurm?« Aber als echter Wurm wäre ich doch nicht vom Internat geflogen? Einmal habe ich Jenny davon erzählt, und sie fragte:

»Was hast du getan?«

»Ich habe den Lehrplan reformiert. Tomaten geklaut. Einen Bandenkrieg angezettelt … Nichts!«

»Oh, das ist schlecht. Man sollte vom Internat fliegen, weil man Syphilis hat oder eine Lesbe ist. Wenn möglich, beides.«

Ich habe versucht, mir etwas einfallen zu lassen und Boden zu gewinnen.

»Als die Konfirmation anstand, haben sie sich geweigert, mich zu konfirmieren.«

»Warum?«

»Sie haben gesagt, ich sei noch nicht bereit.«

»Hm. Wahrscheinlich wollten sie damit sagen, dass du noch nicht in der Pubertät bist. Im Ernst, Lehrerinnen sind ein dreckiger Haufen.«

Unterhaltungen wie diese schwächen meine Moral auf Monate.

Ich beschließe, nach oben zu gehen und in der Kiste mit den alten Kinderfotos zu wühlen, um mir ein Bild vom jeweiligen Stand meiner Verruchtheit zu machen. Seit der Kugelfisch sich vor mir ausgezogen hat, laufe ich mit einem verschwommenen Selbstbild herum. Kurz darauf bin ich ganz mit mir beschäftigt. Da bin ich! Ein hervorragendes Kind, weder besonders hübsch noch intelligent, aber – ich. Anscheinend war ich früher oft am Meer. Und da sind auch ein paar alte Briefe meiner Großmutter an meine Klassenlehrerin. Alle handeln von ungelüftetem Bettzeug. Wie eigenartig! Ja, jetzt fällt es mir wieder ein, früher gab es in England in jedem Haushalt einen Trockenschrank, in dem alles Mögliche gelüftet wurde. Eine außergewöhnliche Praxis! Ich habe in meinem ganzen Leben noch nichts gelüftet und fühle mich vollkommen fit. Aber nun lese ich, wie meine Großmutter das Internat warnt, ich würde keine sieben Jahre alt, falls mein Bettzeug, meine Hemden, meine Blusen und meine Schlafanzüge nicht ordentlich gelüftet würden.

Oh, Billy, ich bin kein Wurm. Wie könnte ich ein Wurm sein, wenn ich doch unbedingt mit dir schlafen will? (Gelüftet oder ungelüftet.)

Plim-Plam kommt die Treppe hoch, immer noch mit heraushängender Zunge. Einen Moment später höre ich Claudi vor der Haustür rufen. Er will sie verfolgen und die Zunge zurückschieben.

»Liebes, bist du da oben?«

»Ja, Claudi. Komm rauf und sieh dir meine Kinderfotos an.«

Damit hat Claudi, der eigentlich wieder nur eine Geschichte loswerden will, nicht gerechnet. Eher ungeschickt macht er gute Miene zum bösen Spiel.

»Da bin ich als Neugeborenes.«

»Deine Mutter war sehr hübsch.«

»Das ist nicht meine Mutter. Das ist mein Kindermädchen.«

»Tja, dann hattest du eben ein hübsches Kindermädchen.«

»Und da bin ich mit vier.«

»Du hast dich kaum verändert. Du hast immer noch denselben Ausdruck, ich habe ihn Dutzende Male gesehen. Wenn du an einen neuen Mann denkst, machst du Eulenaugen wie Athene.«

»Das stimmt nicht!«

»Schätzchen, du machst sie in diesem Moment.«

Dann sieht man mir Billy also an.

»Claudi, sag die Wahrheit. Es ist wichtig. Bin ich, wenn es um Männer geht, ein Wurm?«

»Aha! Ich wusste es.« Auf einmal ist er schrecklich aufgeregt. »Du bist ihm davongelaufen!«

»Du neugieriger Alleswisser!«

»Sie ist davongelaufen! Meine kleine Min ist gerannt wie der Blitz!«

Nie habe ich ihn so heiter gesehen. Es ist wirklich widerlich. Fritz ist im Garten und harkt Laub, das ich selbst gern harken würde, und Claudi platzt vor Freude, weil er mich für einen Wurm hält. Beleidigt sage ich:

»Nimm deine Katze und geh, Claudi.«

»Aber Min, nicht doch! Was haben wir denn hier? Die junge Frau mit der Gicht, bloß dass sie keine Gicht mehr hat. Sie benimmt sich aber nicht so.«

»Du hast dir meine Babyfotos nicht mal eine Sekunde lang angesehen!«

»Oh, wie listig! Tu nicht so, als wäre es das, worüber du dich ärgerst. Du ärgerst dich, weil ich dir die Wahrheit über dich gesagt habe.«

Es stimmt, und ich könnte nicht wütender sein, selbst wenn ich wollte. Ich verschränke die Arme vor der Brust wie Claudi neulich, und seinen richterlichen Tonfall imitiere ich ebenfalls:

»Sprichst du von einer meiner erloschenen Leidenschaften?«

»Aha! Es ist aus, was? Dann ist er also schon Vergangenheit. Wirklich, Min, du verschleißt die Männer in einem Tempo … Aber ich wusste, dass es nicht funktionieren würde, du bist nämlich wie ich und hasst die Oper.«

»Red keinen Unsinn, Claudi. Die Oper ist mein Lebenselixier.«

»Das behauptest du nur. Aber ich kenne dich zu gut. Nein, meine Liebe, leider sind du und ich aus demselben Holz geschnitzt. Wie oft habe ich dagesessen und diese grausigen Priesterinnen in *Aida* ertragen. Mit ihrem furchtbar hohen Kopfschmuck sehen sie aus wie Krankenschwestern! Ich weiß wirklich nicht, was schlimmer ist, Oper oder Ballett. In der Oper halten die Leute, die man endlich losgeworden glaubte, mitten im Sterben inne, um dann langatmig und in schlechtem Italienisch zu erklären, was sie da tun. Beim Ballett springen sie an den Bühnenrand und zappeln wie verrückt, ohne je von der Stelle zu kommen. Er schleudert sie unter großer Kraftanstrengung von sich, um sie endlich los zu sein, und sie setzt ständig von Neuem zur Flucht an, aber wenn der Abend zu Ende geht, sind sie immer noch zusammen. Etwas Frustrierenderes habe ich nie gesehen.«

Im selben Augenblick hämmert unten jemand an die Haustür; es klingt, als setze er einen Möbelwagen rückwärts dagegen. Claudi und ich zucken zusammen wie auf frischer Tat ertappt. Wir eilen nach unten, und als ich die Tür öffne – ich rechne mit dem K. oder mit der von halbmondförmigen Kratzern bedeckten Raquel oder mit George, der einen Tee will, oder mit … Billy –, erblicke ich Claudis Doppelgänger. Der Kunsthändler ist zurück. Wir reißen die Augen auf, und er, immer noch gekränkt von meiner rücksichtslosen und eingebildeten Art, herrscht mich an:

»Ich glaube, Sie haben ein Gemälde in Ihrem Besitz, das ich Ihnen im Namen von Mr Carlos Hamburger geliefert habe?«

Reflexhaft betrachte ich meine Hände, die am meisten Farbe abbekommen haben, dann wandert mein Blick in die Ecke mit den Regenschirmen, wo das Bild immer noch an der Wand lehnt.

In einer fließenden, turnerischen Bewegung schnellt Claudis Doppelgänger an uns vorbei und schnappt sich das Gemälde. Triumphierend ruft er:

»Da ist es ja! Vielen Dank, Mrs Soundso.«

Ich werde fünf Zentimeter größer und kleide meine Stimme mit Eis aus:

»Möchten Sie mir verraten, was hier los ist?«

»Gewiss doch.« Er versucht, um mich herumzugehen, aber ich versperre ihm den Weg. »Mr Hamburger war sich nicht sicher, ob das Bild Ihnen gefällt, also hat er mit mir vereinbart, dass Sie es für ein paar Tage behalten und sich in Ruhe entscheiden.«

»Ich verstehe.« Meine Gedanken rasen. »Dürfte ich bitte mal einen Blick darauf werfen? Um zu sehen, welche Entscheidung ich getroffen habe.«

Ich habe ihn nach Punkten besiegt, das ist unbestreitbar. Er fängt an, sich zu winden, und drückt sich das Bild an den Bauch.

»Nun, wenn Sie nicht einmal die Zeit hatten, es sich anzusehen …«

»Oh, doch, ich hatte die Zeit.« Mein Gott, ich bin gemein, und ich genieße es; er hat es nicht besser verdient. Erst nötigt er mir ein Gemälde auf, und dann – nachdem ich es sorgsam eingelagert und sogar die Tomatensuppentropfen davon entfernt habe – will er es mir entreißen. Anscheinend ist es seine Art von Sport – erst klettern, dann schnellen. Der Mann braucht einen Ball, der von Hauswänden zurückspringt.

»In dem Fall nehme ich es lieber wieder mit.«

»Nun denn, ich wäre weniger unhöflich gewesen, wenn …«

Jeder weiß, dass ein Geschenk zurückzufordern in die unterste Schublade menschlichen Verhaltens gehört. Aber dass der Kugelfisch ein Bild wiederhaben will, das hässlich zu finden ich noch keine Zeit hatte? Das ist eine Spitzenleistung, auf die nicht einmal ich vorbereitet war.

Weil Claudi – die Wangen unter den Koteletten glühen inzwischen dunkelrot – sich nicht raushalten kann, sagt er:

»Soll er es doch haben, Min. Es ist zu erbärmlich. Ein Typ wie der …«

Ich sehe ein, dass mir nichts übrig bleibt, als von der Erbärmlichkeit des Ganzen verblüfft zu sein. Ich bin Claudi dankbar für das Wort, denn manchmal ist es gar nicht so leicht, eine Sache zu benennen, vor allem dann nicht, wenn man das Wort dringend zur Gefühlsregulierung braucht.

Claudis Doppelgänger ist fest entschlossen, jedem Angriff auszuweichen. Er springt nach rechts und links. Er ist sich nicht einmal zu schade, sich mit dem Rücken an die Wand zu drücken, als müsste er einem Körperhaken ausweichen. Als er nach fünf sehr unterhaltsamen Minuten nicht mehr kann, eilt er zur Tür hinaus und sprintet davon.

11

George ist furchtbar. Er macht mir eine Szene nach der anderen. Was ist passiert? Ich bin verwirrt, und mein Ego rutscht von seinem Sockel. Ich probiere neue Mäntel an, mache Gymnastik, experimentiere mit Klängen, schreibe Tagebuch … aber George bleibt ungenießbar. Irgendeine Laus ist ihm über die Leber gelaufen.

Eines Tages gehe ich zu ihm und sage:

»Es tut mir sehr leid, ich glaube, ich habe dein Leben ruiniert.«

»Oh, aber in dem Fall habe ich deins doch auch ruiniert.«

Billy schreibt mir ständig. Er achtet genau darauf, es mit den Koseworten am Schluss nicht zu übertreiben – noch nicht. Ich schreibe ebenso vorsichtig zurück und lächele dabei. Anfang und Ende unserer Briefe sind sehr bezeichnend; sie sind die Essenz von allem, was für unsere Generation kulturell und in Liebesdingen in Mode ist. Früher schrieb mein Großvater an meine Großmutter »Meine geliebte Frau«, und er unterzeichnete mit »Dein Dich liebender Gatte«. *Das* nenne ich Paarungsverhalten.

Manchmal notiere ich Billys Unzulänglichkeiten wie auf einem Einkaufszettel. Er ist unter eins achtzig, er hat zu viel Ehrgeiz, er treibt keinen Sport, er hat kein Geld, er ist geschieden, er ist … perfekt für mich, und ich weiß es. Wir treffen uns, ohne miteinander zu schlafen. Billy sagt:

»Ich will unbedingt mit dir schlafen.«

Oder:

»Ich will dreihundertmal mit dir schlafen.«

»Was, nur dreihundertmal?«

Oder ich fange damit an:

»Billy, meinst du, du könntest deine Lust noch zwei Monate zügeln? Hält sie so lange durch?«

»Ja. Sie würde dreißig Jahre durchhalten.«

Seine verbale Kühnheit verwundert mich. Ist er es gewohnt, so zu reden? Doch dafür wirken seine Sätze nicht geschliffen genug, und er spricht sie aus, ohne zu zögern. Außerdem hat seine Kultiviertheit exakt denselben Hauch von Naivität wie meine. Hat er es sich von mir abgeschaut? Oder ist es schon so weit, dass ich mir Dinge von ihm abschaue?

Nebenbei besprechen wir alle Themen unter der Sonne.

Nur die Frage in meinem Kopf bleibt immer dieselbe: Wer von uns wird, wenn wir einander erst lieben, *mehr* lieben? Wird er mich durch unglaubliche Fähigkeiten von sich abhängig machen? Und falls nicht: Werde ich ihn dafür verachten?

Wir reden über unsere Verwandten.

»Wie sind deine, Min?«

»Schrecklich. Und deine?«

»Zu nervös, um einen Satz zu beenden. Sie leben alle auf dem Land.«

»Oh, das ist gut, dann bist du nervöse Menschen wie mich gewohnt.«

»Ja, natürlich. Ich mag deine Nerven, sie amüsieren mich, und was sie als Nächstes planen, ist mir egal.«

»Aber ich bin *zu* nervös.«

»Wofür hat man so viele Nerven? Um nervös zu sein.«

»Du nicht.«

»Meine habe ich mir amputieren lassen.«

Wir verlieren und gewinnen im Minutentakt, und dann verlieren wir wieder. Manchmal gehe ich nach einem langen Abend das Risiko ein und setze mich auf Billys Sofa. Dann ist es an mir, mutig daherzureden.

»Ich möchte dein Gewicht spüren.«

»Bin ich dir zu schwer?«

Plötzlich mache ich unter ihm eine Bewegung, die ihn provozieren soll – schlängelnd und gewagt. Angesichts dieses forschen Stimmungsumschwungs stockt ihm der Atem. Ich handele mir die gewünschte Wut ein, indem ich sage:

»Nein, weißt du, ich glaube, ich kann dein Gewicht ganz gut ertragen.« Und dann füge ich erschreckt hinzu: »Sieh mich nicht so grausam an.«

»Die Situation ist grausam.« (Oh, Billy.) Er nimmt es schnell zurück: »Nein, ist sie nicht.« Sie ist es und sie ist es nicht; wir wissen, was wir wollen.

All das – besonders, wenn er für eine Sekunde die Kontrolle verliert – verrät mir, was ich über ihn erfahren will. Dennoch machen die Körperlichkeiten nur ein Hundertstel dessen aus, was zwischen uns geschieht. Ich habe herausgefunden, dass ich ihm seine Laune vom Mund ablesen kann. Hatte ich bereits erwähnt, wie perfekt sein Mund ist? Man bemerkt es nicht, solange man ihn nicht geküsst hat; aber wenn man durch so einen Kuss den ersten Schritt in Billys Welt getan hat, kann man nicht mehr in die alte, langweilige zurück. Dort ist der langweilige Sessel, in dem ich früher gesessen und vollkommen zufrieden an meinen langweiligen Tonaufnahmen gearbeitet habe. Heute wäre so etwas undenkbar. Die einzigen nicht langweiligen Sitzgelegenheiten sind die Sessel in Billys Wohnung, Parkbänke, auf denen wir uns ausgeruht haben, Klappsitze im Konzerthaus und Rückbänke von Taxis, auf denen wir sanft durchgeschüttelt wurden. Wenn ich den Eindruck habe, er könnte am Ende eines Briefes mit Küssen geizen – nur sechs x bis zum nächsten Donnerstagmorgen –, trudelt mit der zweiten Tagespost ein Brief mit einem einzigen, riesigen X ein. So gehört es sich. An einem Tag trällere ich glücklich vor mich hin, am nächsten schreibe ich mein Testament und vermache meine Musik, mein Klavier, meine Schallplatten und den

Kassettenrekorder Claudi, meinem treuen Freund, nur um am übernächsten auf eine Party zu gehen und dort schamlos mit dem einzig annehmbaren Gast zu flirten, und wenn er sich dann meine Telefonnummer notieren will, behaupte ich, ich müsse am darauffolgenden Morgen für sechs Monate nach Rom.

Es ist die Schuld von George. Von Raquel. Von Billy! Und vor allem von Claudi, weil das Leben mit ihm so anregend und so lustig ist. Wenn Claudi mich nicht hinterfragen und nicht ständig mutmaßen und intrigieren würde, käme ich niemals auf meine unglaublichen Ideen. Bewahrt er mich vor dem Spießertum? Oder ist das wechselhafte Scharlachrot seiner Wangen ein Barometer für meinen skandalös liederlichen Lebenswandel? (»Ach, wir alle kennen ihre lockere Moral«, sagt Claudi. »Wohlgemerkt würde ich von mir gern dasselbe behaupten können!«)

Über George, den er nicht leiden kann, zerbricht Billy sich übrigens nicht den Kopf. Er fragt:

»Hat George schon damit angefangen, mit Gegenständen zu werfen?«

Erstaunt antworte ich:

»Wie lustig, dass du fragst. Denn manchmal habe ich das Gefühl, er ist kurz davor.«

»Alle Männer schmeißen mit Sachen um sich, wenn sie nicht genug körperliche Zuwendung bekommen.«

»Meine Güte, Billy, was du nicht alles weißt.«

»Du weißt mindestens so viel wie ich. Außerdem sind Frauen genauso betroffen und werfen die Sachen zurück. Unabhängig vom Geschlecht sollte jeder Mann und jede Frau die Art von Zuwendung bekommen, die er oder sie braucht. Wenn wir nicht genug von dem bekommen, was gut für uns ist, bewerfen wir den falschen Menschen mit Gegenständen. So etwas kann krank machen.«

»Wird es bei uns genauso sein?«

»Niemals.«

»Warum nicht?«

»Weil mein Verlangen nach dir zu groß ist.«

»Aber was ist mit meinem?«

»Deins erwächst aus meinem, wusstest du das nicht? Mein Verlangen ist deinem nur eine Millisekunde voraus.«

Das glaubt er. Doch jeden Tag wird es ein bisschen ernster. Ich glaube, wir müssen durchbrennen.

Etwas Erstaunliches passiert. *Wir lernen einander tatsächlich kennen*; noch vor sechs Monaten hätte ich eine solche Beziehung für unmöglich gehalten. Ich weiß noch, wie ich verächtlich zu ihm sagte:

»Im Ernst, wozu sind diese sinnlosen Gespräche gut?«

»Nur so kann ich dich kennenlernen, Min.«

Es ist schon seltsam, besonders für mich. Oft haben Leute mir gesagt, ich sei »schwierig«. Viele von Georges Freunden aus dem Museum, achtundfünfzigjährige Männer, aus deren Nasenlöchern schwarze

Haare wuchern, haben sich das tatsächlich für ein tristes Winterwochenende aufgespart: »Jetzt schaue ich auf eine Tasse Tee dort vorbei und erkläre Min, was für eine schwierige Person sie ist.« Wahrscheinlich tarnen sie sich alle als Kugelfische. Aber ach, mein Kugelfisch war ihnen meilenweit voraus. Das Problem mit ihm war im Nachhinein ganz einfach: zu viel Leidenschaft. Er hat mich gezwungen, immer femininer zu werden. Wäre mir das damals bewusst geworden, hätte ich zu ihm gesagt: »Meine Krallen sind nicht lang genug … nicht für *Ihre* Ansprüche.«

Was Billy und mich betrifft, die kaum mehr als ein paar Zärtlichkeiten ausgetauscht haben: Wir sind über diese Phase längst hinaus. Alle Zutaten haben gestimmt, und so ist aus einem zarten Keim – schwebende Gedanken, die ähnliche Ansichten offenbarten, gefolgt von zaghaften und gezielten Berührungen – allmählich eine große Leidenschaft gewachsen. Rätselhaft, wie aus den Versatzstücken ein solches Glühen entstehen konnte. Es liegt an Billys Weisheit, einem Phänomen, das aus der modernen Welt fast verschwunden ist. Jedes Mal, wenn ich ihn sehe, glaube ich, einem Geheimnis näherzukommen … und dem Leben an sich. Heutzutage gibt es in London ein paar sehr einflussreiche Menschen (Billy ist einer davon), und sie kennenzulernen, ist nicht leicht. Billy sagt, die Amerikaner versuchen, mit Sex immer mehr Sexgeld zu verdienen, wie an einem Spielautomaten. Was aber nicht funktioniert. Wenn man Glück hat, gewinnt man das Geheimnis der Liebe. Ihren Lebensdauer hängt davon ab, wie launisch und wie großzügig man ist; diese moralische Dimension vergessen die Leute gern. Wenn man sie festhalten will oder gemein wird, zerfällt sie zu Asche. Billy sagt, wir müssen fröhlich sein, und verliebt in das Wirken der Liebe.

Was mich betrifft, so weigere ich mich, den guten alten Zeiten nachzutrauern. Die Gegenwart ertrage ich nur, indem ich sie mit der Zukunft verknüpfe.

Ja, wir werden verreisen. Endlich! Billy sagt:

»Wie?«

Ohne zu zögern antworte ich:

»Mit dem Rom-Express!«

»Natürlich. Wie dumm von mir. Der Nachtzug ab Paris mit der exzellenten Speisekarte und den Schlafwagen. Jeder Waggon hat einen eigenen kleinen Boiler, der mit echter Kohle beheizt wird.«

»Wir teilen uns einen Schlafwagen. Das wird heiß.«

»Sicher gibt es da eins dieser Becken mit aufklappbarem Deckel. Und Messingpedale für warmes und kaltes Wasser.«

»Und vergiss nicht das dreieckige Einbauregal mit den Wasserflaschen … eine hat einen Holzverschluss an einer Kette.«

»Und wenn man irgendein anderes Wasser trinkt, muss man sterben.«

»Wir werden uns die Zähne mit Pernod putzen. Wer will schon fliegen, wenn er eine Zeitreise in die

Zwanzigerjahre machen kann? Du solltest deinen englischsten Anzug tragen, und wenn wir einem Franzosen in einem Blazer begegnen, sind deine Manieren tadellos.«

»Du musst dünne Kleidchen tragen wie ein unverschämter Teenager. Und wenn du lächelst, dann sehr spröde und *nur für mich*.«

»Endlich bekomme ich das untere Bett, denn ich bin die Frau. Ich muss es nicht an irgendeine schäbige alte Teufelin abtreten, mit der ich das Abteil teile.« (Ehrlich gesagt habe ich nie schlechte Erfahrungen gemacht, aber man stellt sich ja immer eine Medusa vor.)

»Ganz bestimmt nicht!«

»Und diesmal helfen wir keinen Amerikanern, die sich verlaufen haben.«

»Wir sind absolut gemein zu ihnen. Weder wechseln wir ihnen einen Zehn-Franc-Schein, noch sagen wir ihnen, dass wir gerade durch den Simplontunnel fahren. Wenn sie in Hörweite sind, reden wir nur über Tennis und Schach.«

»Und wirst du meine Reißverschlüsse reparieren?«

»Natürlich! Dafür musst du dich allerdings ausziehen.«

»Wir schreiben niemandem eine Karte. Wir laufen durch die Gegend und sehen sehr glamourös aus. Uns zu beeindrucken, ist *unmöglich*.«

»Und die ganze Zeit bestellen wir irgendwelche Sachen.«

»Ein richtiger Urlaub! Kann es wahr sein? Wir machen uns schuldig.«

»Oh, ja. Aber ich fühle mich immer schuldig, auch wenn ich allein reise und nicht in Min verliebt bin. Und du?«

»Ich fühle mich noch viel schuldiger. Aber ehrlich gesagt fühle ich mich jetzt in diesem Moment so unschuldig wie seit Jahren nicht. Und es hat nichts damit zu tun, dass George jetzt X. liebt. Aber Billy … oh, Billy, gibt es ein Happy End?«

»Selbstverständlich. Ich bin auf Happy Ends spezialisiert. Und du wirst mein Weib sein.«

»Oh. Ich begebe mich wirklich gern in deine Macht, aber du erwartest doch sicher nicht, dass ich dich bedingungslos liebe? Das würdest du von deinem schlimmsten Feind nicht verlangen.«

»Nun, anfangs könntest du mich ein kleines bisschen lieben. Bis du dich daran gewöhnt hast.«

»So etwas ist gefährlich.«

»Furchtbar gefährlich.«

Nachwort

> Gib acht, auf wen Du Dich einlässt im Leben,
> Unverantwortliche,
> Denn lässt Du Dich auf die falschen Menschen ein –
> Du könntest einer dieser falschen Menschen sein –
> Und verkehrst Du mit der falschen Person [...]
>
> Fügt sie Dir schrecklichen, dauerhaften Schaden zu!
> Der alles übersteigt, was Du Dir vorstellst, Spötterin,
> Und danach lebst Du im Niemandsland,
> Verlierst Deine Identität und bekommst Dich nie zurück.[1]

Das Verschwinden der Autorin Rosemary Tonks in den 1970ern war eines der bestgehüteten Geheimnisse der Literaturbranche. Jahrelang kursierten bizarre Theorien zu ihrem Aufenthaltsort – falls sie überhaupt noch lebte –, manche davon fanden sogar Eingang in die seriöse Fachliteratur. In dem BBC-Radiofeature *The Poet Who Vanished* aus dem Jahr 2009 formulierte Brian Patten es folgendermaßen: »Rosemary Tonks löste sich in Luft auf wie die Grinsekatze.«[2] Niemand wusste, wohin sie verschwunden war oder warum; nach allgemeinem Dafürhalten hatte sie zu Gott gefunden und lebte seither als Einsiedlerin. Ihre Bücher waren nicht mehr lieferbar, und angeblich hatte sie sich von allem losgesagt, was sie je geschrieben hatte.

Als ich vor zehn Jahren versuchte, sie persönlich zu treffen, wurde mir klar, dass ihre Lebenssituation sich vollkommen anders darstellte als angenommen. Doch aus Respekt vor ihrem ausdrücklichen – und von ihrer Familie beherzigten – Wunsch, in Ruhe gelassen zu werden, erzählte ich niemandem von meiner Entdeckung. Dennoch hegte ich weiterhin die Hoffnung, sie möge es sich eines Tages anders überlegen und einer Neuauflage ihrer Gedichte zustimmen.

Seit ihrem Tod im April 2014 – sie wurde fünfundachtzig Jahre alt – entsteht ein sehr anderes Bild ihres späteren Lebens, und auch die Gründe für ihre Abkehr von der Literatur erscheinen in einem neuen Licht. Nach einer Reihe von privaten Tragödien und gesundheitlichen Tiefschlägen begab sie sich auf eine spirituelle Reise und sah sich irgendwann gezwungen, ihre eigenen Bücher zu desavouieren. Sie krempelte ihre Identität um, und aus Rosemary Tonks, der gefeierten Londoner Schriftstellerin, wurde die menschenscheue christliche Konvertitin Mrs Rosemary Lightband, die fünfunddreißig Jahre lang ein zurückgezogenes (wenn auch nicht einsames) Leben im Küstenort Bournemouth führen sollte.

Während eines Zeitraums von elf Jahren, von 1963 bis 1974, veröffentlichte Rosemary Tonks die beiden stilprägenden Lyrikbände *Notes on Cafés and Bedrooms* (1963) und *Iliad of Broken Sentences* (1967),[3] sechs satirische Romane[4] und mehrere Erzählungen. Sie schrieb ätzende Kritiken für führende Magazine und Tageszeitungen und kollaborierte mit dem Hampstead Festival und dem BBC Radiophonic Workshop für das experimentelle Klangstück *Sono-Montage* (1965/66).[5]

In einem Interview aus dem Jahr 1967 bezeichnete sie Baudelaire und Rimbaud als ihre direkten literarischen Vorfahren: »Beide waren Dichter der modernen Großstadt, wie wir sie heute kennen, und bei beiden hat niemand sich die Mühe gemacht zu lernen, was es von ihnen zu lernen gibt … Die erste Aufgabe von Dichtung ist es, Aufregung zu erzeugen und die Sinne zu verwirren.«[6]

In scharfem Gegensatz zur traditionellen, braven, trockenen, selbstkritischen Lyrik, wie sie die meisten ihrer englischen Zeitgenossen veröffentlichten, waren ihre Gedichte pathetisch, kühn, geistreich, extravagant und überschäumend sinnlich, ein Lobgesang auf den nachtaktiven Hedonismus der Londoner Bohème der Sechzigerjahre, der von französischer Lyrik und fernöstlicher Bildsprache beeinflusst war und in dessen Hintergrund der Eliot von *The Waste Land* und »Prufrock« lauerte wie ein Gespenst im Nebel.

Anthony Rudolf pries die »visionäre« Qualität ihrer Gedichte: »In meinen Augen haben sie die Movement Poetry der 1959er überholt; sie entspringen einer poetischen Matrix, die Nicholas Moore, George Barker und J. F. Hendry in den Vierzigern angelegt haben, Dichter, die sie vermutlich mit Anfang zwanzig las; hyperurbane, von Angst getriebene Texte, die bis zu Baudelaires *Spleen de Paris* und den frankophilen englischen Symbolisten zurückreichen.«[7]

In einem anderen Interview erklärte Tonks:

> Ich verstehe nicht, warum Dichter bereitwillig das Triviale behandeln, sich aber vor der Leidenschaft zu Tode ängstigen. [...] Menschen werden geboren, zeugen Kinder, leiden und sind gemein zueinander, sie sind gierig, sie sind furchtbar glücklich, sie erleiden tragische Schicksale, sie lernen andere Menschen kennen und werden von ihnen beeinflusst, sie sterben. Tausende Dramen stoßen ihnen zu. Wir alle müssen schwierige Entscheidungen treffen, Prüfungen bestehen, uns verlieben oder der Liebe aus dem Weg gehen. All das passiert, aber die zeitgenössischen Dichter schreiben nicht darüber. Warum nicht?[8]

Im literarischen London hatte sie viele einflussreiche Bewunderer, darunter Cyril Connolly (»Miss Tonks harte, facettenreiche und doch musikalische Dichtung ist von unerwarteter Wucht«) und A. Alvarez (»ein echtes Talent der kantigen, stacheligen Sorte«). Andere Vertreter der männlich dominierten Lyrikszene waren von ihren Gedichten verärgert, eingeschüchtert oder irritiert. Für Julian Symons war *Notes on Cafés and Bedrooms* »ein sehr eigenartiges Buch, ein aus Miss Tonks Unter- oder Halbbewusstsein herausgeschütteltes Durcheinander von Bildern. Viele davon erscheinen mir unverständlich [...] Einige sind lächerlich, andere beeindruckend [...] Nach meinem Verständnis erscheint die Substanz ihrer Gedichte recht dünn.«[9]

Die negativen Kritiken hatten möglicherweise einen Einfluss auf Tonks' Bereitschaft, weiterhin zu veröffentlichen oder gar zu schreiben. »Nie habe ich einen Menschen getroffen, der von der Kritik so verletzt wurde«, schrieb Terry Coleman in einem Porträt für den *Guardian*.[10] Er fragte sie, wie das sein könne, halte sie Lyrikkritiker doch für einen »zweitklassigen Haufen«: »Sie sagt, sie wolle dennoch nicht abgeschlachtet werden.« In eine Ausgabe von *Iliad of Broken Sentences* schrieb sie folgende Widmung für eine Freundin: »Vergib mir, dass ich nicht geschrieben habe. Letztes Jahr war ich melancholisch. Sie zerstören meine Gedichte, wieder und wieder. Dies sind also meine letzten Rosen.«[11]

Doch obwohl Tonks' Lyrik vier Jahrzehnte lang nicht lieferbar war, fand sie eine neue Generation – besser gesagt: neue Generationen – von Bewunderern, darunter Andrew Motion, Jo Shapcott, Matthew Sweeney, Matthew Cale und John Stammers, der den Titel seines Bandes *Stolen Love Behaviour* ihrem Gedicht »Badly-chosen Lover« entlieh. Ich selbst war von ihrem Werk begeistert, seit ich einige Gedichte in Anthologien entdeckt hatte. Dass die Texte dieser erstaunlichen Autorin nicht mehr lieferbar sein sollten, erschien mir unglaublich, und so unternahm ich im Laufe der folgenden Jahre mehrere Anläufe, sie ausfindig zu machen, in der Hoffnung, dass das neue Interesse von jüngeren Lesenden und Schreibenden sie überzeugen könnte, einer Wiederveröffentlichung zuzustimmen.

Ein anderer ihrer langjährigen Fürsprecher, der in Berlin lebende Dichter John Hartley Williams, der ebenfalls 2014 verstarb, verfasste 1996 für *Poetry Review* eine ausführliche Neubewertung ihres Werks:[12]

> Wie wir alle natürlich wissen, wirkt ein Gedicht entweder in seiner Zeit oder für alle Zeiten. Auf die Gedichte von Rosemary Tonks trifft beides zu. Sie war nicht nur eine Lyrikerin der Sechzigerjahre, sie war eine Dichterin aller Epochen und hat uns aus ihrer Zeit seltsame Nachrichten geschickt, die heute lebendig, frisch und überraschend klingen. Möglicherweise hat niemand sonst mit so selbstironischer Verachtung die Sinnlichkeit der Sechziger eingefangen oder die Wut, die sie in mürrischen Unbeteiligten auslösen konnten … Für Rosemary Tonks' wagemutige Bildsprache lassen sich in der britischen Dichtung schwerlich Parallelen finden.

Der New Yorker Kritiker John Thompson schrieb, sie habe etwas ganz Ungewöhnliches erschaffen, »einen Gedichtband, in dem eine echte Persönlichkeit zum Vorschein kommt, ein Charakter, eine ganze Lebensweise«.[13] Doch Tonks fühlte sie sich von der literarischen Welt ebenso angezogen wie abgestoßen und

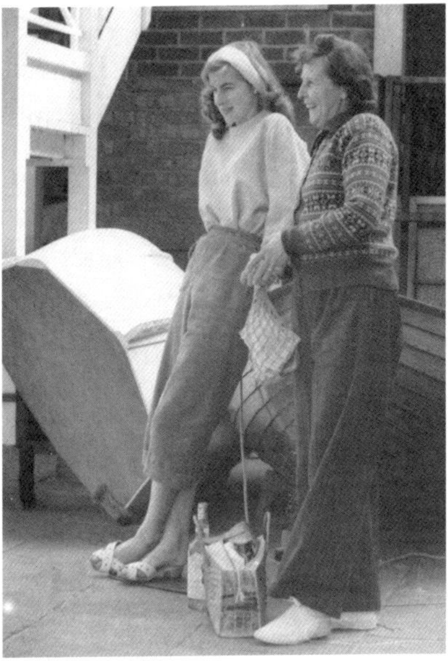

ROSEMARY TONKS MIT EINER FREUNDIN (MRS TRENT) CIRCA 1948

wandte sich schon bald gegen deren Materialismus, falsche Werte, Treuebrüche und Schwächen: »Die Fehler, die falschen Leute, die halbgaren Ideen / und ihre garstigen Kommentare zu allem. Verdorben. / Aber auch unwiderstehlich unterhaltsam, das ist ja das Problem« (»The Little Cardboard Suitcase«).

In einem ihrer Gedichte war sie die »Beduinin des Londoner Abends«: »Ich war zu lange jung, und im Morgenmantel / Mein modernes Privatleben liegt in Trümmern.«

Und »in Trümmern« lag ihr Leben während jener »furchtbaren Zeit« tatsächlich, als sie ihr eigenes Werk als »gefährlichen Unsinn« bezeichnete, ihrem

Vorbild Rimbaud folgte und der Literatur abschwor. Sie glaubte, dass Proust, Tschechow, Tolstoi und die französische Lyrik des 19. Jahrhunderts ihren Verstand vernebelt, sie in die Bibliothek getrieben und von den alltäglichen Dingen weggeführt hatten, von der Wahrheit und von Gott.[14]

Rosemary Tonks kam 1921 in Gillingham in Kent zur Welt. Sie war die einzige Tochter von Gwendoline Tonks, geborene Verdi,[15] und Desmond Tonks, einem Maschinenbauingenieur, der noch vor ihrer Geburt in Nigeria am Schwarzwasserfieber starb. Seine Witwe ließ das Kind in seinem Gedenken auf den Namen Rosemary Desmond Boswell Tonks taufen. (Als Rosemary Tonks ihre ersten Gedichte veröffentlichte, verwendete sie das Pseudonym Desmond Tonks. »Ace of Hooligans« und »Boy in the Lane« erschienen so 1956 in Miron Grindeas *Adam International Review.*)[16]

Desmond war der Neffe des Chirurgen und Malers Henry Tonks, der sich im Ersten Weltkrieg dem Sanitätskorps angeschlossen und Harold Gillies' Pionierarbeit auf dem Gebiet der plastischen Chirurgie durch Pastelle und Zeichnungen von Patienten mit Gesichtsverletzung unterstützt hatte. Desmonds Bruder Myles war mit Gwens Schwester Dorothy verheiratet, die Rosemary während der späteren Lebenskrise eine Zuflucht in Bournemouth bot.

Weil ihre Mutter überfordert war, wuchs Rosemary zeitweise im Kinderheim auf.[17] Während des

Kriegs zog die Familie vierzehnmal um (»um Bomben und Menschen zu entgehen«),[18] und Rosemary wurde früh auf das Internat des Wentworth College in Bournemouth geschickt, das »jedes Jahr dreißig der sanftmütigsten Ehefrauen Englands entlässt«.[19] Sie war eine brillante, aber aufsässige Schülerin, die sich gegen jede Autorität auflehnte und laut (von der Familie angezweifelten) Berichten[20] mit sechzehn der Schule verwiesen wurde. »Ich habe meine Schulzeit ruiniert, weil ich mich nicht mäßigen konnte«, erinnerte sie sich später.[21]

Schon als Kind hatte sie mit Augenproblemen zu tun. Sie schielte, litt an einem hängenden Lid und beidseitiger Stabsichtigkeit, was ihren Eindruck, in der Schule und später im Leben isoliert zu sein, noch verstärkt haben muss. Die Literatur und ihr eigenes Schreiben wurden zu ihrem einzigen Halt.

1946 lebte sie mit ihrer Mutter und ihrem Stiefvater in Lagos »in einem großen Haus, mit einem Gewehr, sechs oder sieben Angestellten und Anfällen von Ruhr und Malaria«.[22] Wie ihr Vater starb auch ihr Stiefvater in Nigeria. Mit achtzehn war sie »zurück in London, zusammen mit ihrer Mutter und verarmt, und sie begann, Joyce und Baudelaire zu lesen«.[23] Sie entdeckte die öffentlichen Büchereien und verbrachte ihre Zeit im Mandrake Club und dem Caves de France in Soho, zwei verrufenen Treffpunkten der Londoner Gegenkultur in der Nachkriegszeit, die besonders bei Künstlern sehr beliebt waren.

Rosemary Tonks war Schriftstellerin von Kindesbeinen an. Sie war eine fleißige Leserin und verfasste schon als Schülerin Kindergeschichten. Eine davon, *Miss Bushman-Caldicott*, wurde 1946 im Radioprogramm der BBC gesendet und später in *Uncle Mac's Children's Hour Story Book* aufgenommen. Ihr erstes veröffentlichtes Buch, *On Wooden Wings: The Adventures of Webster, written and illustrated by Rosemary Tonks*, erschien 1948 bei John Murray.

1949, im Alter von zwanzig, heiratete sie Michael (Micky) Lightband, einen sechs Jahre älteren Ingenieur und späteren Finanzier. In der Heiratsurkunde ist ihr Beruf mit »Schriftstellerin« angegeben. In einem ihrer späteren Essays identifizierte sie sich mit Colette und schrieb: »Sie war durch und durch literarisch, und ihre Wirkung war so kalkuliert, wie es sich gehört.«

Die Arbeit ihres Mannes führte das Paar nach Indien und Pakistan. In Kalkutta erkrankte Rosemary an einem typhusähnlichen Fieber, 1952 in Karatschi an Polio. In England erholte sie sich von der Lähmung, doch die Beweglichkeit ihrer rechten Hand blieb leicht eingeschränkt. Entschlossen lernte sie, mit der linken Hand zu schreiben und zu malen; rechts trug sie meistens einen verwegenen schwarzen Handschuh. Diese Erfahrungen flossen in die Figur der jungen Dichterin ein, die sich in Tonks' fünftem Roman *The Way Out of Berkeley Square* (1970) mit Polio ansteckt.

Während Micky noch länger in Pakistan blieb, ging Rosemary nach Paris: »Wenn man krank ist, will man allein sein, aber England ist voller Verwandter.«[24] Von 1952 bis 1953 lebte sie auf der Île Saint-Louis, in unmittelbarer Nähe zu den Geistern von Baudelaire und Rimbaud. Sie tauchte in die Pariser Kultur und die französische Literatur ein und fasste ihre Erinnerungen an diese Zeit 1976 in einem kurzen Memoir für die *Times* zusammen. Eines der wenigen erhaltenen Fotos zeigt eine elegant gekleidete, schlanke junge Frau vor Rodins Stendhal-Skulptur im Jardin du Luxembourg. Während einer späteren Paris-Reise – 1967, als sich Baudelaires Todestag zum hundertsten Mal jährte – besuchte sie den Friedhof von Montparnasse und legte sich neben José de Charmoys lebensgroßes Abbild des Dichters, um zu beweisen, dass sie und Baudelaire exakt dieselbe Körpergröße hatten.[25]

Im darauffolgenden Jahr war das Paar wieder in London vereint und bezog ein Haus in der angesagten Downshire Hill in Hampstead, wo Rosemary zunächst für Mickys Geschäftspartner und später, als ihre literarische Karriere Fahrt aufnahm, für ihre eigene Entourage die Gastgeberin spielte. Sie wohnte unweit von Dame Edith Sitwell, mit der sie nach eigenen Angaben auf Du und Du war, und wurde zu einer singulären Figur in Londoner Künstlerkreisen. Dieses Milieu porträtierte sie mit ebenso viel Genuss wie Abscheu in halbautobiografischen Romanen wie *Der Köder* (1968), der »Geschichte einer cleveren, kapriziösen und verletzlichen jungen Londonerin, die in dem nicht ganz ernst gemeinten Dilemma steckt, sich

TONKS ARBEITET MIT ALEXANDER TROCCHI AN *SONO-MONTAGE* IN DER STAGE SOUND LIBRARY IN COVENT GARDEN, MAI 1965 (FOTO: CLAY PERRY)

für einen Liebhaber entscheiden zu müssen«.[26] Wie ihr Alter Ego Min (»verheiratet, aber immer noch so ungebrochen wie ein freches kleines Mädchen«) war Tonks verspielt, faszinierend und lebhaft und zog viel Aufmerksamkeit auf sich. Ihr Cousin Tim Butchard erinnert sich an turbulente Abende in ihrem Haus in Hampstead: »Sie sprudelte über und hielt oft ganze Abendgesellschaften in ihrem Bann (ich entsinne mich besonders an ein Essen mit Paul Huxley, Sir Julian Huxley und seiner Frau Juliette, Andrew Barrow und anderen)«;[27] »Ich war von ihr wie hypnotisiert [...] Vor allem war sie furchtbar komisch, es gab immer viel zu lachen.«[28]

Tonks genoss die Bekanntschaft und die Gespräche mit Elias Canetti, wie sie ein Stammgast im wienerisch anmutenden Kaffeehaus Coffee Cup in Hampstead, wo Jane Brown sie im August 1966 für ein Feature des *Observer Magazine* fotografierte. Zu ihrem Freundeskreis zählten der Anthropologe Julian Huxley (»ich habe vergleichbare Forschungen betrieben, also kamen wir gut miteinander aus«[29]) und die Modedesignerin Thea Porter, mit der sie das Interesse für Tarot verband.[30]

Obwohl Rosemary Tonks eine der wenigen veröffentlichten Dichterinnen ihrer Zeit war, tat sie sich nicht als Unterstützerin der Sixties-Schwesternschaft hervor. Im *New York Review of Books* wurde sie von Jane Gapen heftig für ihre schlechte Besprechung von Adrienne Richs *Diving into the Wreck* angegangen, das sie laut Gapen »aus einer feministischen Perspektive« hätte lesen sollen: »Dass eine Frau so über eine andere Dichterin spricht, tut wirklich weh.«[31]

Doch den männlichen Kollegen fühlte sie sich ebenso wenig verbunden. »Ein ziemlich verlorener Haufen hier in London«, erzählte sie Peter Orr 1963. »Sie bilden Bewegungen.« Trotzdem entwickelte sich eine enge Beziehung zu Robert Conquest, dem Anthologen der Bewegung, und dem Lyriker und Romanautor John Wain. Philip Larkin bewunderte ihre Gedichte; es kam zu einem Briefwechsel, als er an seinem 1973 erschienenen *Oxford Book of Twentieth-Century English Verse* arbeitete und ihren Vorschlag ablehnte, die von ihm ausgewählten »Story of a Hotel Room« und »Farewell to Kurdistan« durch »Love Territory« zu ersetzen, das sie ihrer Meinung nach besser repräsentiere. [32]

Geoffrey Godbert erinnert sich, sie in den Siebzigerjahren in Edward Lucie-Smiths Haus in Chelsea getroffen zu haben: »Von Anfang an wirkte sie wie eine gespannte Feder, die losspringen will und muss. Inmitten harmloser Alltagsphilosophen wagte sie einen einsamen Blick in die unbeschreibliche Zukunft und äußerte das Bedürfnis, darüber zu sprechen, bevor es zu spät ist.«[33]

Anthony Rudolf begegnete ihr Mitte der Sechzigerjahre einige Male im Haus ihres früheren Förderers Miron Grindea. »Sie war eine durchsetzungsstarke Persönlichkeit, und ich erinnere mich an ein Streitgespräch in Grindeas legendärem Salon, bei dem auch Pablo Neruda zugegen war. Ihre Gedichte wirkten so stark wie ihre Persönlichkeit, ihre Rhetorik war fulminant, und sie verwendete mehr Ausrufezeichen als alle anderen.«[34] John Horder erinnert sich, dass ihre eindringliche Art zu sprechen fast schon »etwas Aggressives«[35] hatte. 1965 wurde sie in einer *The-Times*-Kolumne als die »launische junge Dichterin Rosemary Tonks«[36] bezeichnet.

Während der erneuten Lektüre ihrer Werke und in meinen Gesprächen und Korrespondenzen mit ihrer Familie und ihren Bekannten wurden nach und nach Charaktereigenschaften sichtbar, die eine Brücke schlagen zwischen der meinungsstarken, kompromisslosen Autorin ohne Interesse an Politik und Feminismus, dafür aber mit viel Verachtung für alle Dichter, denen es an Integrität und Authentizität mangelt, und der späteren Mrs Lightband, einer zielstrebigen christlichen Konvertitin. Trotz der Scheidung, die sie nicht wollte und die sie ihrem Mann nie verzieh, hielt sie an seinem Namen fest, den sie für ihre neue Identität brauchte. Außerdem brach sie den Kontakt zu allen geschiedenen Familienmitgliedern ab, unabhängig von deren »Schuld«, darunter auch zu einer Cousine, an der sie immer gehangen hatte.

Ihre Gedichte strotzen vor vernichtenden Urteilen, Beleidigungen, Extremen, Groll, Betrug und unversöhnlichen Gegensätzen. Sie schreibt über ihre »Intoleranz« und darüber, »mächtig, ungehorsam« zu sein und »unter Langweilern und Gemüsen ein Doppelleben« zu führen. In »Diary of a Rebel« braucht sie das Café für ihren »grimmigen, heißblütigen Trotz«, in »Poet as Gambler« waren »Gosse und Himmel« das Lotteriespiel ihrer »vergeudeten Jugend«. In »Running Away« zerreißt sic »die grünen Fetzen der Bibel«: »Ich lief aus dem Haus, ich floh / Die Stirn meiner Mutter, wo mir der Ehrgeiz fehlte / Aber um die Schrift zu streicheln / Kratzte ich zusammen. […] Ich war in meiner eignen Jugend nur zu Gast; unter / Der Lampe, angeflattert von der Motte dreizehn Winter lang.«

Die junge Rosemary wirkt wie eine sture, willensstarke, hartnäckige, obsessive Rebellin, die Urteile fällt, blitzgescheit ist und zu einer extremen Denkweise tendiert. Aufgewachsen als Halbwaise und vor und während des Kriegs ins Internat abgeschoben, fühlte sie sich anderen Menschen entfremdet: »Denn dies ist nicht mein Leben / Sondern das ihre, das ich lebe. / Und ich schlinge, springe, schlucke es hinunter, Tag für Tag« (»Addiction to an Old Mattress«). Die Entfremdung spricht aus vielen ihrer Texte; ihre Figuren erscheinen von der schlagfertigen Erzählerin oder Protagonistin getrennt oder werden aus großer Distanz beobachtet wie in der Kurzgeschichte »The Pickup or L'Ercole d'Oro«. Als sie mit über achtzig Jahren zurückblickt und ihre Jugend zu verstehen versucht, resümiert sie: »Kein Selbst-Bewusstsein.«[37]

Ihre letzte Veröffentlichung im *New York Review of Books* war ein langer Essay über Colette, der sich unheimlicherweise wie eine Abwandlung ihrer eigenen Leidensgeschichte liest (außer dass in ihrer Ehe offenbar beide Parteien fremdgegangen waren):

> [Colette] hatte ihr kindisches Selbstbild auch nach der Eheschließung ungehemmt weitergepflegt, mit Willys Unterstützung; in der Tat besaß sie *nichts anderes.* Doch plötzlich fand sie heraus, dass er untreu war. Der Schock war mehr, als ihr Ego verwinden konnte; nichts in ihr hielt dem Schlag stand, ihre Persönlichkeit wurde pulverisiert, und sie erlitt einen Nervenzusammenbruch. In dem Moment verlor sie ihre Kindheit, sie wusste nicht mehr, wer sie

> eigentlich war. […] Als alles vorbei war und sie das erste *Claudine*-Buch geschrieben hatte, fand sie zu sich und erlangte ihre Identität zurück. Ein neues Ich übernahm die Kontrolle. Es trieb ihren Körper zum Sport an und sie lernte, selbstständig zu denken und zu *sein*. Der Geist hielt inne und lauschte – eine orientalische Fähigkeit.

Während Rosemarys Kindheit hatte ihre verwitwete Mutter sich von esoterischen Medien beraten lassen. Rosemary war der Ansicht, dass selbsterfüllende Prophezeiungen und die Kirche ihr und ihrer Mutter großen Schaden zugefügt hatten. Wie ihre Mutter war sie abergläubisch, wobei sie auch hier zum Extrem neigte und an Zeichen und Omen glaubte, welche die Anwesenheit böser Geister verrieten. Für sie hatten diese vermeintlich übersinnlichen Ereignisse eine Ursache und eine Wirkung, und bald erschien ihr alles im Leben schwarz oder weiß, gut oder schlecht.

Der plötzliche Tod ihrer Mutter bei einem Unfall im Frühjahr 1968 löste eine persönliche Krise aus. In der Überzeugung, die Kirche habe ihrer Mutter in den entscheidenden Momenten die Hilfe versagt, wandte Rosemary sich vom Christentum ab. Für die nächsten acht Jahre nahm sie an Séancen teil, suchte Medien und Wunderheiler auf und befolgte die Ratschläge von Sufis. Einige davon erwähnte sie in einem Brief an Thea Porter:

> Mir Bashir ist wirklich ein sehr guter Handleser – aber in seiner Art so schroff, dass es mich wütend macht. Gestern Abend war ich bei einer seltsamen Sitzung mit einem Heiler namens David Hadda, seine Hände haben dieselbe Wirkung wie Vulkanschlamm – meine wurden glühend heiß und haben angefangen zu kribbeln. Ich sollte allerdings meine Persönlichkeit auslöschen, und da habe ich einen Abgang gemacht. Seine Heilung geht mit einem gewissen Maß an psychologischer Nötigung einher, aber ich ertrage nicht einmal den Versuch einer Unterwerfung.[38]

Sie besaß eine Sammlung antiker Artefakte, darunter Figuren fernöstlicher Gottheiten, die sie dazu inspirierten, einen spirituellen Lehrer aus China und einen amerikanischen Yoga-Guru aufzusuchen (nur um deren Lehren später wieder zu verwerfen).

Nach dem Scheitern ihrer Ehe begann ein neuer Lebensabschnitt als Einzelgängerin. 1977 wohnte sie nur ein paar Häuser entfernt von ihrem Ex-Mann (der bald wieder heiratete) in Downshire Hill, wo sie sich mit Meditation und Taoismus beschäftigte, Rezensionen schrieb und an einem neuen Roman arbeitete. Weitere Unglücksfälle folgten. Bei einem Einbruch wurde ihre gesamte Kleidung gestohlen; in einem Rechtsstreit verlor sie Tausende Pfund; sie erkrankte an einer Nervenentzündung in ihrem unversehrten linken Arm.

Für die nächste Katastrophe machte sie anspruchsvolle taoistische Augenübungen verantwortlich, für die es notwendig gewesen war, stundenlang die Wand anzustarren, zu schielen und direkt ins Licht zu blicken. Am Silvestertag des Jahres 1977 wurde sie ins Middlesex Hospital eingeliefert und notoperiert, weil sich in beiden Augen die Netzhaut abgelöst hatte. Ihr Augenlicht wurde gerettet, trotzdem blieb sie in den darauffolgenden Jahren stark beeinträchtigt, der Lohn für »zehn lange Jahre auf der Suche nach Gott«. Sie war sehbehindert, abgemagert und »seelisch zerstört«, konnte weder kochen noch einkaufen und verließ kaum noch das Haus. Nach den vielen persönlichen Tiefschlägen muss sie die Isolation durch die Beinahe-Erblindung, die sich im Laufe der Monate nur minimal besserte, als traumatisierend empfunden haben, und die damit einhergehenden Einschränkungen haben womöglich auf ihren Geisteszustand eingewirkt.[39]

Seit November 1976 verhandelte sie mit John Moats und John Fairfax' Phoenix Press in Newbury über die Veröffentlichung eines Lyrikbandes. Er sollte vierunddreißig Gedichte aus früheren Publikationen bei Putnam und Bodley Head beinhalten; beide Verlage hatten sich geweigert, nach dem Ausverkauf der Hardcover-Exemplare Taschenbücher nachzudrucken, und sich später ganz aus dem Lyrikgeschäft zurückgezogen. »Was mich in die Lage gebracht hat, in der ich mich nun wiederbefinde«, schrieb sie an John Moat.[40] Im August 1977 notierte sie:

> Einige der Gedichte müssen überarbeitet werden. Ich weiß, was zu ändern ist, und werde nur ein paar Tage brauchen.
> Die Gedichte fallen in vier Kategorien: Reisen, das Leben, Liebe, frühe Kindheit. Ich werde mir einen besonderen Titel überlegen. Der Titel ist das Wichtigste. Falls ich den Roman tatsächlich pünktlich beenden kann, werde ich ein neues Gedicht schreiben – früher habe ich dafür bis zu zwei Monate gebraucht. (Für die längeren drei Monate.) Hier liegen viele Notizen bereit, aber auch Rechnungen, und obwohl es mir finanziell im Moment gut geht, mache ich mir Sorgen und frage mich, ob ich meinen Lebensstil bis an mein Ende aufrechterhalten kann. Niemand wird mich dafür bezahlen, dass ich Gedichte schreibe![41]

Doch es sollte keine Gedichte (oder Rezensionen) mehr geben. Im Juli 1978 hatte sie sich immer noch nicht erholt:

> Ich habe mit aller Kraft gekämpft, monatelang und allein, um wieder so gut sehen zu können wie vor der OP. Ich werde es schaffen, mit Gottes Hilfe. Ich bin schon dabei – besser gesagt ist Er dabei. Die Sache ist nur, ich bin so erschöpft & so schwach & ausgezehrt von diesem Kampf, dass mir alles furchtbar schwerfällt. Und es ist noch nicht vorbei – wie eine Freundin mir sagte, braucht so etwas Monate, um zu verheilen. […] Momentan kann ich nicht an den Gedichten ar-

beiten, ich schaffe es ja gerade einmal, diesen Brief zu schreiben. [...]

Sie könnten sie im jetzigen Zustand veröffentlichen, ohne meine Änderungen. Aber sie werden für sich allein stehen müssen (ohne einen Roman & andere geplante Bücher) & werden untergehen wie ein Stein im Wasser & abermals in Vergessenheit geraten. Im ~~Herbst~~/Winter sollte ich so weit sein, den Roman an meinen Agenten zu schicken.[42]

Der Kampf ging weiter. Ein Jahr später schrieb sie:

Es ist so, dass ich immer noch um mein Augenlicht ringe. Endlich passiert etwas. Ich führe Buch: Es ist unglaublich. Wissen Sie, alles ist eine Qual. Letztes Jahr war es eine Qual, die Augen auch nur zu öffnen – & selbst dann konnte ich nichts sehen. Jetzt ist es, als hätte sich vielleicht eine Tür geöffnet: Ich spüre Tränen in beiden Augen, und Hunderte Dinge mehr. Ich werde geheilt. [...]

Ich plane, den Winter bei meiner Tante zu verbringen und in aller Ruhe an meinem großen Buch zu arbeiten.[43]

Später im Herbst verließ sie London, fuhr nach Bournemouth und kam in der Wohnung ihrer Tante Dorothy unter. Auch hier suchte sie sich spirituelle Hilfe, diesmal von Charismatikern und Pfingstlern, gelangte schließlich aber zu der Einsicht, dass sie ihre spirituelle Wahrheit nur in der Bibel finden würde, vor allem im Neuen Testament, dem ersten Text, den sie nach der Genesung lesen konnte, wenn auch unter Schwierigkeiten.

Sie beschloss, sich dauerhaft in Bournemouth niederzulassen. 1980 versuchte sie monatelang, ihr Haus in London zu verkaufen, aber wann immer ein Interessent kam, verdunkelte sich der Himmel und im Haus breitete sich fauliger Gestank aus. Das geschah so oft, dass Tonks einen Zufall ausschloss. Wie besessen reinigte sie die Zimmer und entsorgte alle Bücher über Spiritualismus und Okkultismus. Es half nichts. Am Ende war sie überzeugt, dass ihre Sammlung religiöser Artefakte eine bösartige Energie ausstrahlte, also verpackte sie sie in fünf Koffer und deponierte sie in einem Tresorraum der Barclays Bank in Hampstead. Für sie waren die Objekte, gestohlen aus Tempeln und Gräbern, eine finstere Macht, die sie dazu getrieben hatte, Gott in diabolischen fernöstlichen Praktiken zu suchen. Am darauffolgenden Tag besichtigte ein junges Paar das Haus bei schönstem Sonnenschein und entschied sich prompt für den Kauf.

Im November 1980 bezog Rosemary die Old Forest Lodge, ein versteckt gelegenes Haus in Küstennähe. Bei den Nachbarn war sie als Mrs Lightband bekannt. Sie kappte alle Verbindungen zu ihrem alten Leben und weigerte sich, Verwandte, langjährige Freunde oder Verleger wie mich zu empfangen oder ihre Briefe zu beantworten, und so musste ich meine Hoffnungen begraben. Der Ort war nur schwer auf-

ROSEMARY TONKS IM JARDIN DU LUXEMBOURG, PARIS, CIRCA 1952–53

findbar, und an der Haustür gab es weder eine Nummer noch ein Namensschild. Die Vorhänge waren stets geschlossen, um Besucher abzuschrecken, und auf Klopfen oder Klingeln reagierte sie nur selten.

Rosemary beschloss, sich vom verbliebenen »Ballast« zu befreien. Mit ihrem letzten Heiler – auch er konnte ihre Sehbeschwerden nicht lindern – hatte sie gebrochen, nachdem ihr bewusst geworden war, wie abhängig sie sich von ihm gemacht hatte. Um sich in Zukunft dem Einfluss von Heilern, Medien, Spiritisten und bösen Geistern zu entziehen, wandte sie sich der Bibel zu, die ihr als »vollständiger Ratgeber« in allen Fragen diente. Als Nächstes setzte sie die Schlaftabletten ab, die sie fast ihr ganzes Leben lang genommen hatte. Mit einer Rasierklinge kratzte sie jeden Tag ein bisschen mehr von der Tablette herunter, bis sie sich nach einem Jahr vollständig entwöhnt hatte. Sobald sie frei war, ließ sie sich taufen.

Dennoch machten ihr Ereignisse, die sie für übersinnlich hielt, weiterhin zu schaffen. Sie glaubte, immer noch unter dem Einfluss fremder Mächte zu stehen und griff zu einer Maßnahme, die ihren Verwandten, als sie nach ihrem Tod davon erfuhren, großen Kummer bereitete. Sie beschloss, ihre fernöstliche Kunst – das Hochzeitsgeschenk einer Tante – zu vernichten, handelte es sich doch um Götzenbilder, die gemäß dem zweiten Gebot verbrannt werden mussten. Per Taxi und Zug schaffte sie die fünf Koffer aus London heran, stopfte die über vierzig Artefakte, aufgeführt in einer handschriftlichen Liste mit dem Titel »Verbrennung einiger Idole (11. August 1981)«, in zwei Gartenöfen und steckte sie in Brand. Darunter befanden sich zwei Pferde samt Reitern aus der Tang-Dynastie, vier Sung-Priesterfiguren, ein japanischer Krieger, eine koreanische Tänzerfigur, chinesische Jade, kleinere Bronzen, mit Drachen bestickte chinesische Seidenmäntel, geschnitzte chinesische Briefsiegel, chinesische Hunde auf Plinten, ein Schachspiel, eine Löwenmaske und zahlreiche andere Objekte aus Marmor, Terrakotta, Porzellan, Gips, Perlmutt, Elfenbein, Holz und Stein aus China, Korea, Japan, Afrika, Griechenland, Bali und Persien.

In den darauffolgenden Tagen zertrümmerte sie die intakt gebliebenen Figuren mit einem Hammer, bis die Bruchstücke »so klein wie Hundekekse« waren. Währenddessen, behauptete sie, habe sie Geräusche im Haus gehört, und in wenigen Kilometern Entfernung sei ein Haushalt durch herumfliegende Gegenstände und Möbel demoliert worden. Schuld sei ein Poltergeist gewesen, der ausgetrieben werden musste. Die Lokalzeitung berichtete über die Vorfälle (sie bewahrte die ausgeschnittenen Artikel auf), die nicht nur die Anwesenden bezeugen konnten, sondern auch vier Außenstehende, darunter ein Polizist.

Nun blieb ihr nur noch die Auseinandersetzung mit ihrem »Beruf«. Sie besaß das Manuskript eines unveröffentlichten Romans (»das Beste, was ich je geschrieben habe«) über einen Mann auf der Suche nach Gott, das sie während der sechs Jahre vor der Augenoperation verfasst hatte. Aber dann hatte ihr ein Medium den kompletten Inhalt nacherzählt, inklusive einer Beschreibung aller Figuren, und nun beschloss Rosemary, dass das Buch gefährlich war und andere nicht in die Irre führen durfte. Ihrer Großnichte schrieb sie:

> Ich hatte Angst, für mein letztes Manuskript heimgesucht zu werden. [100.000 Wörter; die erste Hälfte eines Romans mit dem Umfang von *Krieg und Frieden*; sechs Jahre Arbeit] Ich habe es hier im Garten verbrannt. Tja, so etwas tut man nur, wenn man einen wirklich guten Grund dafür hat! Der Ruhm soll

> mir egal sein, aber ich habe damit auch viele Tausend Pfund verbrannt. Ich habe es verbrannt, zusammen mit allen Kopien und Notizen. Ich habe Ernst gemacht, das kann ich Dir sagen![44]

Zuvor hatte sie John Moat kontaktiert und ihre Gedichtauswahl für Phoenix Press zurückgezogen. Der Verbleib eines längeren Essays über Baudelaire ist ungeklärt; er sollte 1977 in den USA erscheinen, vermutlich in der *New York Review of Books*, für die Rosemary schon zuvor gearbeitet hatte. Auf eine Anfrage ihrer Großnichte Lucy Reynolds antwortet sie später:

> Nein. Ich schreibe keine Gedichte mehr.
> Ich war gerade dabei, mir einen Namen als Publizistin zu machen, als mir die Augenoperation dazwischenkam. Damals schrieb ich für »The Times«, den Observer (ich kann mich sogar erinnern, im Auftrag ein Gedicht von Botticelli übersetzt zu haben! Was für eine unfassbare Zeitverschwendung) und die »New York Review of Books«. Prestigeträchtige Arbeit, aber für einen Hungerlohn. Die geistige Anregung fand ich allerdings sehr nützlich. Bei meinen Bibelstudien, wie ich sie jetzt betreibe, erweist sich Disziplin als enormer Vorteil. Genau diese Vorbereitung habe ich gebraucht, denn nur so ist der Verstand hellwach und aufmerksam für die Offenbarungen, die in der Schrift verborgen sind.[45]

Im Oktober 1981 reiste sie nach Jerusalem und ließ sich am 17. desselben Monats taufen, unweit des Jordan und einen Tag vor ihrem dreiundfünfzigsten Geburtstag. Sie legte ihre alte Identität als Schriftstellerin Rosemary Tonks ab und begann an ihrem »zweiten Geburtstag« ein neues Leben. In den folgenden vierunddreißig Jahren beschäftigte sie sich mit sich selbst und führte ein ruhiges, zurückgezogenes Leben. Sie war recht zufrieden mit ihren Umständen und pochte auf ihre Unabhängigkeit, isolierte sich durch ihre fortwährende Suche nach Gott aber immer weiter. Bei Begegnungen mit kirchlichen Gruppen und anderen Glaubenslehren blieb sie stets auf der Hut vor kontrollierenden oder manipulativen Tendenzen.

Sie, der rastlose Geist, focht einen täglichen Kampf gegen ihre inneren Dämonen. Sie wurde von Selbstzweifeln und wiederkehrenden depressiven Schüben geplagt, gegen die nichts half außer die Bekräftigung eines absoluten Glaubens an einen liebenden Gott. Das im Laufe ihres späteren Lebens weitergeführte magische Denken kam ihr dabei zu Hilfe. Ihre Geräuschkulisse war jetzt Vogelgeschrei, und die Vögel verband sie mit ihrer Mutter, die sie »Birdie« nannte. Das sanfte Rufen oder heisere Krächzen der Krähen und Möwen deutete sie als Trost oder Warnung des Herrn. Abhängig davon, welches Gefühl die Geräusche in ihr auslösten, entschied sie, wem sie vertrauen, ob sie das Haus verlassen oder wie sie ein bestimmtes Problem lösen würde. Die Depression kam von Satan, der sie schwächen wollte, aber gute Gefühle von Gott konnten das Böse vertreiben und ihr Wohlbefinden schenken. Wenn sie im Radio bestimmte Musikstücke hörte, wurde das, was sie »die Flut« nannte, sofort von ihr genommen: Rimski-Korsakows »Scheherazade«, Borodins Streichquartett Nr. 2 (»eine klingende Botschaft des Herrn, die den ganzen Körper beruhigt & das Herz beglückt«) und Bachs »Wohl mir, dass ich Jesum habe«.[46] Ihre Mutter hatte diese Musik geliebt und sie Rosemary als Kind vorgespielt; Scheherazade rettet sich bekanntermaßen täglich selbst das Leben, indem sie Geschichten erzählt.

Ganz offensichtlich litt Rosemary in späteren Jahren an einer Erkrankung, die manche wohl als Borderline-Störung bezeichnen würden. Sie mied den Umgang mit anderen Menschen – in ihren Augen »Satans Sklaven« –, wo immer es ging, und beschränkte den sprachlichen und körperlichen Kontakt auf ein Minimum, auch bei Einkäufen und Busfahrten. Manchmal überreichte sie nur einen Zettel, weil sie fürchtete, mit anderen zu sprechen wäre eine zu große nervliche oder emotionale Anstrengung und könnte sie abermals in eine tiefe Depression stürzen. Die Hilfsangebote ihrer besorgten Angehörigen, die den Kontakt halten wollten, lehnte sie ab; sie empfand den Austausch als so überwältigend, dass sie sich selbst vor kurzen Telefonaten fürchtete. Sie ahnte, dass ein Gespräch vielleicht die nächste »Flut« auslösen würde.

Sie passte ihr Leben den Umständen an, traf pragmatische Vorkehrungen zur Regelung des Alltags und analysierte alles, was ihr passierte, auf scharfsinnige und eloquente Weise in ihren Tagebüchern, die sie bis Mitte achtzig schrieb und als eine Art Selbsttherapie brauchte. Was andere Zeichen oder Omen nennen würden, hatte für sie einen absoluten Wahrheitsgehalt, und Symbole und Metaphern interpretierte sie wörtlich und auf manichäische Weise. Der Teufel quälte sie mit Depressionen; in diesen Phasen kamen ihre Gedanken nicht mehr von ihr selbst, sondern wurden ihr von außen eingeflüstert. Sie war mit dem Herrn verheiratet und konnte sich daher nicht einsam fühlen; falls doch oder falls Zweifel und Ängste sie befielen, war es nur Satan, der sie unterminieren wollte.

Ich bin kein Psychologe und es steht mir nicht zu, ihren Zustand zu diagnostizieren. Offenbar hatte er sich im Laufe der vielen Jahre verschlechtert und zugespitzt. Die von mir mit drei unterschiedlichen Psychotherapeuten geführten Gespräche[47] legen nahe, dass ihre Schwierigkeiten in Bindungs- und Trennungstraumata der frühen Kindheit wurzelten. Dass sie nie eine starke, sichere Bindung erleben konnte, wirkte ebenso verschärfend wie der Tod ihrer Mutter, Gefühle von Verrat und Zurückweisung, die drohende Erblindung mit der länger anhaltenden sensorischen Einschränkung und Isolation sowie weitere persönliche Krisen. Depressionen werden oft mit unausgedrückter Wut assoziiert. Rosemary war mit nur einem Elternteil aufgewachsen – den Tod des Vaters erlebte sie als einen unüberwindlichen Verlust –, und sicher hätte jeglicher Ausdruck von Wut eine zu große Unsicherheit bedeutet. Die Wut wird internalisiert und richtet sich gegen das Selbst, und je mehr sie wächst, desto bedrohlicher erscheint sie. Schließlich wird sie als Satan oder innerer Kritiker kanalisiert und damit eingedämmt; es handelt sich um eine innerweltliche Reaktion auf ein Trauma.

An dieser Stelle passt Rosemary Tonks' Analyse von Colettes Lebenskrise: »Der Schock war mehr, als ihr Ego verwinden konnte; nichts in ihr hielt dem Schlag stand, ihre Persönlichkeit wurde pulverisiert, und sie erlitt einen Nervenzusammenbruch.« Eine Beschreibung des Traumas wie aus dem Lehrbuch, ähnlich jener Definition, die Freud in *Jenseits des Lustprinzips* formulierte. Wenn unser Schutzschild zerbricht, erleiden wir eine innerliche Fragmentierung.

Der Glaube an Gott diente ihr als ein solcher Schutzschild. Solange der Herr sie vor dem Teufel beschützte, ließ sich alles erklären und entkräften. Leider fiel diesem Denken ihr außerordentliches literarisches Talent zum Opfer. »Ich könnte heutzutage kein Buch mehr lesen, es würde mir nichts bedeuten«, schrieb sie 1999:

> Was sind Bücher? Gedanken, Satans Gedanken.
> Wie dumm sie sind!! Denkt man nur an den Herrn![48]

> Teufel verschaffen sich über das Denken Zutritt. Gedruckte Bücher, jedes einzelne davon, beinhalten böse Gedanken, die in den Verstand eindringen.[49]

Doch all das schmälert nicht die Brillanz und Originalität des bedauerlich überschaubaren Werkes, das Rosemary Tonks zwischen zwanzig und vierzig erschuf, bevor sie von großen Ereignissen und Veränderungen in ihrem Leben (und ihrem Wesen) überwältigt wurde.

Nach dem bewussten, gründlich durchgeführten Identitätstausch lehnte Rosemary Lightband nicht nur ihre eigenen Bücher ab, sondern *alle* Bücher, ausgenommen die Bibel (der Koran und die heiligen Schriften anderer Religionen dienten falschen Göttern und waren ihr ein Graus).

Rosemary Lightband besuchte weiterhin Bibliotheken, die neben Cafés immer noch ihr liebster Aufenthaltsort waren. Sie las vorzugsweise in der Tyndale-Bibel, der ersten englischen Bibelübersetzung überhaupt, oder, falls diese nicht verfügbar war, in der King James Bible. Modernere Übersetzungen betrachtete sie als Travestie des Wortes. Gleichzeitig hörte sie nie auf, die Natur ihres Selbst zu hinterfragen, so auch in einem Brief an Lucy Reynolds:

> Ja, ich bin vollkommen Deiner Meinung, dass wir das menschliche Gehirn mit Respekt behandeln sollten. Eine interessante Entdeckung: Man ist dort, wo die Gedanken sind. Neulich war ich im örtlichen Trödelladen und unterhielt mich mit dem Inhaber, und da habe ich mich plötzlich nach Ga umgesehen! Der Grund: Bei meinem letzten Besuch dort – vor etwa fünf Jahren – hatte sie mich begleitet. Ich war um fünf Jahre verrutscht und zu 100 % wieder dort. Also existiert der Verstand [Geist] außerhalb der Zeit. Proust machte dieselbe Entdeckung, bedachte aber nicht die enormen Konsequenzen. Nur der Körper lebt in der Zeit und letztendlich ist er der Zerstörung unterworfen. Aber der Geist ist etwas Spirituelles, ein spiritueller »Körper«. Weil die Menschen den Geist nicht sehen können, nehmen sie die Sache nicht ernst. Dabei kann man erkennen, wie ein Geist in einem Körper Ausdruck findet – da ist er, er aktiviert den Leib. Und man weiß sofort, was für eine Sorte Geist das ist, nett oder böse. Natürlich gibt es auch nichtmenschliche Geister, die sich unsichtbar auf der Welt herumtreiben; der Beweis sind die schrecklichen Tempel mit den furchtbaren Bildnissen, wie sie überall in Fernost herumstehen.[50]

Im Gegensatz zur verbreiteten Annahme lebte Rosemary nicht als Einsiedlerin. In den frühen 1980ern begann sie, »auf der Suche nach einer Kirche durch England zu radeln«. Wie zu ihrer Londoner Zeit besuchte sie Cafés und Parks und betätigte sich zudem als stille Evangelistin außerhalb der Kirche, die auf eigene Faust in Bournemouth und London Bibeln verteilte. Bei der Trinitarian Bible Society bestellte sie Bibelausgaben in unterschiedlichen Sprachen und unternahm zahlreiche Ausflüge nach London, um sie samstags oder sonntags am Speakers' Corner an potenzielle Konvertiten zu verteilen. So ging es von Mitte der Neunziger bis zum August 2012, als ihr die Fahrten zu beschwerlich wurden.

Jeden Sommer verschaffte sie sich einen Überblick über die Kapitalerträge, von denen sie lebte, und stellte sicher, dass genau zehn Prozent ihres Vorjahreseinkommens an Wohltätigkeitsorganisationen gespendet wurden. Am 30. Mai 2012 schrieb sie: »Den ganzen Tag gerechnet wg. meines Einkommens & des Zehnten. Ich liebe es zu spenden, es macht mich glücklich. Dann im Sonnenschein zur Barclays gelaufen & es gerade noch geschafft. Die Bank schließt um 5.«[51]

Während ihrer letzten, friedlicheren Jahre wurde sie milder. Angeblich war sie bei der Belegschaft des benachbarten Piccadilly Hotel sehr beliebt, wo sie an den Weihnachtsfeiertagen allein zu Abend aß. Sie freundete sich sogar mit einer Angestellten an, die sie als freundlichen, glücklichen und immer gut gelaunten Gast in Erinnerung hat. Im April 2012 fand Rosemary, sie müsse etwas unternehmen, um »nicht so abgeschnitten von den Leuten«[52] zu sein, und sie fing an, samstags die Open Air Mission Meetings in

Bournemouth zu besuchen. Manchmal ging sie danach mit den Christen, die sie dort kennenlernte, einen Tee trinken, und sie ließ sich sogar zum einen oder anderen Gottesdienst überreden.

Schließlich, im November 2012, schrieb sie der Cousine, zu der sie Jahre zuvor den Kontakt abgebrochen hatte: »Ich war eingesperrt und stand unter einem furchtbaren mentalen Druck. Ich war nicht ich selbst. Meine Entscheidungen waren falsch, unmenschlich, widerlich. Bitte, gib mir etwas Zeit, ich möchte mich so gern erklären.«[53] Doch dazu sollte es nicht mehr kommen.

Im Februar 2013 verbrachte sie mehrere Tage im Krankenhaus und bezog nach ihrer Entlassung ein Zimmer im Piccadilly Hotel. Sie schrieb ihrer Cousine zwei weitere Briefe, in denen es aber nur um ihre gesundheitlichen Probleme und ihre kurzfristige Planung ging. Ihre angegriffene Gesundheit erlaubte es ihr nicht, in die Old Forest Lodge zurückzukehren. Sie verkaufte das Haus im Mai 2013 und bezog eine kleine, unweit gelegene Wohnung mit Garten. Die meisten ihrer Habseligkeiten verschenkte oder vernichtete sie.

Nach nur vier Monaten in der neuen Wohnung wurde sie erneut von einem Krankenwagen in die Klinik gefahren. Sie hatte einen Schwächeanfall erlitten, verursacht durch Eierstockkrebs. Nach drei Wochen verlegte man sie in ein Pflegeheim.

> Der Horror!! Alle Bewohner sind entweder dement oder auf dem besten Weg dorthin. Nettes Personal. War absolut verängstigt & verloren. Habe beschlossen, sofort zu gehen. Noch am selben Tag. Ich sollte über Nacht bleiben. Nein. Ich wollte sofort weg. […] Habe ein Taxi gerufen & mich schnellstens in meine Wohnung fahren lassen. Herrlich! Habe die ganze Nacht durchgeschlafen!![54]

Die letzten drei Monate des Jahres 2013 verbrachte sie in ihrer Wohnung, den Januar 2014 überwiegend in der Klinik. Nach ihrer Rückkehr nach Hause blieben ihr nur wenige Wochen, bevor sie in ein anderes Pflegeheim gebracht wurde. Sie starb am 15. April 2014 und wurde vierzehn Tage später im Grab ihrer Mutter neben der Church of St Thomas à Becket in Warblington, Hampshire, beigesetzt. Ihren Wünschen entsprechend gab es keine Trauerfeier und keine Zeremonie; ihr Körper war nur ein Gefäß für ihren Geist gewesen. Sie hatte verfügt, dass auf ihrem Grabstein die Inschrift »Rosemary Desmond Boswell Lightband« stehen sollte.

2004 schrieb ich Mrs Rosemary Lightband zum ersten Mal, ohne zu wissen, dass ihr geschiedener Mann Micky im selben Jahr verstorben war. Sie antwortete nicht. Nach weiteren gescheiterten Versuchen einer Kontaktaufnahme kündigte ich 2006 schriftlich meinen Besuch an und fuhr nach Bournemouth. Doch meine Bemühungen waren vergeblich, wie schon die ihrer Angehörigen in den vorangegangenen Jahren. Immerhin war ich in der Lage, ihnen den Kontakt zu einem Nachbarn zu vermitteln, der so freundlich war, die Familie über Veränderungen in Rosemarys Lebenssituation auf dem Laufenden zu halten. Keine leichte Aufgabe, denn Rosemary ergriff die Flucht, sobald sich ihr jemand näherte, glaubte sie doch, der nette Mann sei einer von Satans Sklaven.

Drei Jahre später schrieb ich ihr zwei Postkarten. Ich hoffte, sie würde einlenken und einer Wiederveröffentlichung ihrer Gedichte zustimmen, wenn sie erfuhr, dass eine neue Generation von Schreibenden und Lesenden sich für ihr Werk interessierte. Ich informierte sie über den Radiobeitrag *The Poet Who Vanished* und stellte mir vor, dass sie allein zu Hause sitzen und sich anhören würde, wie zeitgenössische Dichter sich begeistert über ihre Lyrik äußern. Wäre diese verlorene Dichterin für sie ein fremder Mensch? Oder würde sie sich mit ihrem früheren Ich identifizieren?

Heute weiß ich, dass die Dichterin von einst tatsächlich eine Fremde für sie war. Sie notierte das Sendedatum in ihrem Tagebuch und schrieb darunter: »zweite Postkarte von Satan«. Als die Sendung lief, war sie nicht einmal zu Hause in Bournemouth, sondern saß am Londoner Speakers' Corner auf einem Klappstuhl und verschenkte die Bibel in verschiedenen Sprachen. Sie versuchte immer noch, andere für ihren Glauben zu gewinnen.

Die Auflistung der Objekte in »Verbrennung einiger Idole« hätte einem Sotheby's-Katalog alle Ehre gemacht. Die Artefakte stammten aus verschiedenen religiösen Traditionen und waren von einer sachkundigen Sammlerin zusammengetragen worden, die die Kunst des alten China und anderer Kulturen geliebt und Rosemary Tonks vertrauensvoll überlassen hatte. Die Liste liest sich wie ein Gegenentwurf zu Edmund de Waals Buch *Der Hase mit den Bernsteinaugen*; darin wird eine Familienchronik anhand von Netsuke-Figuren nacherzählt, die trotz Krieg, Zerstörung und persönlichen Verlusten von einer Generation zur anderen weitergereicht werden.

Die Schätze, die von der Tante an Rosemary Tonks weitergereicht wurden, sind für immer verloren, und das große Geschenk, das sie uns hinterließ – ihr Werk –, überdauerte nur in der Bibliothek von privaten Sammlern. Nach ihrem Tod kommentierte Oliver Kamm in *The Times*:

> Sie selbst hatte beschlossen, dass ihre Kunst gefährlicher Unsinn war. Nur noch die Bibel zählte. Sie verbrannte das Manuskript ihres letzten Romans und wies die Verlage an, ihre Gedichte aus allen Anthologien zu entfernen.
>
> Ich finde eine solche Verfügung tieftraurig, und wäre es an mir, eine Entscheidung zu treffen, würde ich nicht zögern und einer neuerlichen Veröffentlichung von Tonks' Texten zustimmen. Wer ein Kunstwerk

> erschafft, kann ebenso viel oder wenig über dessen Schicksal entscheiden wie über die Reaktionen der Kritik. […] Im Tod hat Rosemary Tonks den Respekt ihrer Wiederentdeckung verdient.[55]

Wie Tausende andere Leser bin ich entzückt, dass Rosemary Tonks' Familie sich – nach langem Zögern und reiflicher Überlegung – entschlossen hat, diese Einschätzung zu übernehmen. Im Testament, das die Autorin verfasst hatte, als sie sich schon jahrelang nicht mehr Rosemary Tonks nannte, wurde eine Wiederveröffentlichung nicht verboten; anscheinend existierten ihre Bücher für sie zu dem Zeitpunkt schon gar nicht mehr. Die Frau, die eine unbezahlbare, ihr anvertraute Sammlung vernichtete, scheint mir ein sehr anderer Mensch zu sein als die Autorin dieser wunderbar originellen und zeitlosen Texte.

Neil Astley[56]

Anmerkungen

1 Rosemary Tonks, »Done for!«, in: Dies., *Bedouin of the London Evening. Collected Poems & Selected Prose*, hrsg. von Neil Astley, Northumberland 2014, S. 100.

2 »Rosemary Tonks: The Poet Who Vanished«, BBC Radio 4, Serie: *Lost Voices*, Erstausstrahlung 29. März 2009, Wdh. am 4. April 2009, präsentiert von Brian Patten, produziert von Christine Hall.

3 *Notes on Cafés and Bedrooms* (Putnam, 1963); *Iliad of Broken Sentences* (The Bodley Head, 1967).

4 *Emir* (Adam Books, 1963); *Opium Fogs* (Putnam, 1963); *The Bloater* (1968), *Businessmen as Lovers* (1969) [in den USA veröffentlicht als *Love Among the Operators*], *The Way Out of Berkeley Square* (1970) und *The Halt During the Chase* (1972), alle beim Verlag The Bodley Head.

5 *Sono-Montage* wurde im Mai 1965 von Rosemary Tonks und vier Lyrikern, darunter Alexander Trocchi, beim Hampstead Festival uraufgeführt. Der experimentelle Soundtrack war in Zusammenarbeit mit Lorna Coates von der Stage Sound Library in Covent Garden entwickelt worden. Im November desselben Jahres wurde das als »experimentelle Kombination von gesprochener Poesie und elektronischen Klängen« angekündigte und von George MacBeth produzierte Radiofeature aufgenommen und am 21. Juni 1966 im Dritten Programm der BBC ausgestrahlt.

Rosemary Tonks lieferte die Einführung (in der sie erklärte, die Elektronik sei eingesetzt worden, um »den vorgetragenen Gedichten eine dramatische Note zu verleihen«) und las anschließend »Poet as Gambler«, »Badly-chosen Lover« und »Orpheus in Soho«. Dazwischen kamen Michael Baldwin, Peter Redgrove und Paul Roche mit jeweils zwei eigenen Stücken zu Wort. Das Ganze wurde mit einer Tonspur von Delia Derbyshire und dem BBC Radiophonic Workshop in Maida Vale unterlegt. 1968 verarbeitete Tonks ihre Erfahrungen in dem Roman *Der Köder*, dessen Protagonistin Min ebenfalls in einem Tonstudio arbeitet. Ein ausführlicher Bericht über die Entstehungsgeschichte von *Sono-Montage* findet sich in einer Dissertation von Thea Smith: »Rosemary Tonks: Sculpting Sound and Poetry in *Sono-Montage*«, in: *Archaeologies of Criticism*, Royal College of Art, April 2015.

6 Tagebucheintrag von John Horder, in: *The Times*, 16. Oktober 1967.

7 Anthony Rudolf in einer E-Mail am 8. Mai 2014.

8 Interview mit Peter Orr am 22. Juli 1963.

9 Julian Symons, »Smartening Up«, in: *The Spectator*, 9. Mai 1963.

10 Terry Coleman, »Rosemary for remembrance: Terry Coleman talks to Rosemary Tonks«, in: *The Guardian*, 24. Oktober 1970.

11 Philip Annis in einer E-Mail, 30. März 2009. Es handelte sich um eine signierte (undatierte) Ausgabe, die er in einem Modernen Antiquariat erworben hatte.

12 John Hartley Williams, »Downhill, Mad as Swine«, in: *Poetry Review*, Nr. 4 (Winter 1996).

13 John Thompson, »An Alphabet of Poets«, in: *New York Review of Books*, Nr. 2, 1. August 1968.

14 Dieser Absatz und die nachfolgenden, unbelegten Schilderungen stützen sich auf ein handgeschriebenes Dokument mit dem Titel »Beidseitige Augen-OP und Bekehrung«, das Rosemary Lightband 1990 für ihre Cousinen verfasste und das ich lesen durfte, um mir für den Nachruf und das Feature im *Guardian* ein genaueres und ausgewogeneres Bild ihres Lebens zu machen. Weil der Text nicht zur Veröffentlichung bestimmt war, habe ich den Inhalt paraphrasiert und nur an wenigen Stellen direkt zitiert, um Tonks' besondere Wortwahl oder Ausdrucksweise zu verdeutlichen.

15 Über ihre (womöglich eingebildete) Verwandtschaft mit Verdi schrieb Rosemary Tonks an John Moat: »Ich habe starke Vorstellungen, so war das immer schon, und ich hoffe, die Zusammenarbeit wird unsere Freundschaft nicht allzu sehr strapazieren. Der Onkel meines Großvaters, Giuseppe Verdi, wurde am 10. eines gewissen Monats geboren. Ich kam am 17. desselben Monats zur Welt. Um die italienische Oper zu transformieren, musste er seinen Willen durchsetzen. Ich habe einige seiner körperlichen Merkmale geerbt und noch andere, verborgene Eigenschaften, und auch ich muss immer meinen Willen durchsetzen. Mein Großvater gehörte dem Orden der Rosenkreuzer an, eine starke spirituelle Gemeinschaft; wir

können uns glücklich schätzen, sie auf unserer Seite zu haben. Wir sind für unser Buchprojekt gut gerüstet!« – Aus einem Brief an John Moat vom 30. August 1977 (University of Exeter, Special Collections Archives (GB 0029) EUL MS 230/4, Literary and personal papers of John Moat).

16 Vgl. *Adam International Review*, No. 257, 1956.

17 Rosemary Lightband, Notizbuch 129 (16. Juli 2012).

18 Rosemary Lightband, Notizbuch 121 (20. Dezember 2009).

19 Terry Coleman, a. a. O.

20 Inklusive Terry Coleman, ebd.

21 Rosemary Lightband, Notizbuch 135 (18. Oktober 2013).

22 Terry Coleman, a. a. O.

23 Terry Coleman, ebd.

24 Terry Coleman, ebd. Siehe auch: Rosemary Tonks, *On being down, but not quite out, in Paris*, Tyne and Wear 1976, S. 157–59.

25 Terry Coleman, ebd.

26 Auf dem Schutzumschlag der Erstausgabe von 1968 beim Verlag The Bodley Head.

27 Tim Butchard in einer E-Mail, 21. August 2014.

28 Tim Butchard beim Ledbury Poetry Festival am 11. Juli 2015.

29 »Ich erinnere mich, wie Francis Huxley [ein alter Freund aus meiner Hampstead-Zeit] in London tatsächlich »heimisch« wurde. Eine große Leistung! Er hängte Windspiele in seiner Wohnung auf, umgab

sich mit mysteriösen Frauen und fing an, mysteriöse Bücher zu schreiben. Er war sehr nett, doch die Anthropologie, angeblich sein Spezialgebiet, stieg ihm völlig zu Kopf und führte ihn ins Nimmerland. Damals beschäftigte ich mich mit ähnlichen Themen, deshalb verstanden wir uns gut. Heute sehe ich die großen Gefahren, die lauern, wenn man sich die Schwarze Magie primitiver Kulturen aneignet und sich einbildet, man könnte unbeschadet davonkommen. Die Hindu-Religion ist natürlich der Tod. Alle geschnitzten Figuren stellen Dämonen dar, und wenn wir Westler glauben, es gäbe keine Dämonen, kann uns jeder Hindu-»Priester« [und jeder Buddhist] eines Besseren belehren! Die eigenartigen Zeremonien [Rituale, Meditationen, Gesänge und all dieser Unsinn] dienen dem Zweck, böse Geister zu vertreiben, und niemand würde so einen Zirkus ohne guten Grund veranstalten. Francis hat sich trotzdem darauf eingelassen und mit dem Feuer gespielt. Ich glaube nicht, dass er sich davon erholt hat. Denken Sie nur an das, was mit John Lennon passiert ist.« – Aus einem Brief an Lucy Reynolds vom 15. Dezember 1988.

30 Der Briefwechsel von Rosemary Tonks und Thea Porter aus den Jahren 1971 bis 1979 kreist um Themen wie Tarot, Hellseher, Heiler und Sufis. Theas Tochter Venetia Porter schreibt dazu: »Meine Mutter interessierte sich sehr für Tarot, Astrologie und so weiter, das war eindeutig ihr gemeinsamer Nenner. Leider hat meine Mutter ihr ganzes Geschäft danach

ausgerichtet!« – Aus einer E-Mail vom 31. Dezember 2014.

31 Jane Gapen, »Women and Poetry«, in: *New York Review of Books*, Nr. 19, 29. November 1973.

32 Hull University Archives, Papers of Philip Arthur Larkin, Korrespondenz zwischen Rosemary Tonks und Philip Larkin, 6. bis 22. Juli 1972 (UDPL2/3/61/39).

33 Geoffrey Godbert, Brief, in: *The Guardian*, 8. Juni 2014.

34 Anthony Rudolf, ebd.

35 John Horder, ebd.

36 Pendennis, »Mixing up noises«, in: *The Observer*, 23. Mai 1965.

37 Rosemary Lightband, Tagebuchnotiz, 20. April 2010.

38 Brief an Thea Porter, 20. Juli 1971.

39 Peter Armstrong merkte an, dass Reizentzug während langer Phasen der Beinahe-Blindheit und Isolation hier eine Rolle gespielt haben könnten.

40 Brief an John Moat, 26. November 1976, University of Exeter.

41 Brief an John Moat, 30. August 1977, University of Exeter.

42 Brief an John Moat, 27. Juli 1978, University of Exeter.

43 Brief an John Moat, 18. September 1979, University of Exeter.

44 Brief an Lucy Reynolds, 15. Dezember 1988. Auf dem Seitenrand neben diesem Absatz fügte sie hinzu: »Ich mochte nicht, was ich geschrieben hatte, und hielt es für gefährlich.«

45 Brief an Lucy Reynolds, 21. Dezember 1987.

46 Rosemary Lightband, Notizbuch 129 (2. Juni 2012).

47 Diese Einführung verdankt sich zu großen Teilen den Gesprächen und der E-Mail-Korrespondenz mit der Psychotherapeutin Clare Lindsay und ihren Kollegen Peter Armstrong und John Halliday. Diese und die folgende Passage beziehen sich auf Aussagen von Clare Lindsay.

48 Rosemary Lightband, Notizbuch 85 (23. März 1999).

49 Rosemary Lightband, Notizbuch 85 (27. März 1999).

50 Brief an Lucy Reynolds, 17. Dezember 1990.

51 Rosemary Lightband, Notizbuch 128 (30. Mai 2012).

52 Rosemary Lightband, Notizbuch 128 (11. April 2012).

53 Brief an Jill Brandt, 28. November 2012.

54 Rosemary Lightband, Notizbuch 135 (21. September 2013).

55 Oliver Kamm, *The Times*, 10. Juni 2014.

56 Dieses Nachwort hätte ohne die Unterstützung und Hilfe des Rosemary Tonks Estate nicht geschrieben werden können, und ich möchte ihren Cousinen Jill Brandt und Wendy Reynolds und ihrem Cousin Tim Butchard für ihre Freundlichkeit und Hilfe über mehrere Jahre hinweg danken. Vor allem aber dafür, dass sie bereit dazu waren, eine schwierige Entscheidung zu treffen und im Interesse der Arbeit zu handeln, für die sie verantwortlich waren.

Bei der Überarbeitung des Nachworts konnte ich auf Briefe von Rosemary Tonks zurückgreifen, die seither ans Licht gekommen sind, und möchte mich ins-

besondere bei Rosemarys Großnichte Lucy Reynolds für den Zugang zu Briefen bedanken, die sie 1988–1990 erhielt, sowie bei Venetia Porter für den Zugang zu Briefen, die an ihre Mutter Thea Porter geschrieben wurden. Ich muss auch Thea Smith für ihre Arbeit an *Sono-Montage* danken. Dieser Text enthält Material, das zuvor in einem Nachruf (2. Mai 2014) enthalten war, und einen Artikel mit dem Titel »Rosemary Tonks, die verlorene Poetin« (31. Mai 2014), jeweils veröffentlicht in *The Guardian*, und ich bin der Zeitung dankbar, dass mir erlaubt wurde, auf diese Stücke zurückzugreifen.
Ich möchte mich insbesondere auch für die vielfältige Hilfe bedanken: Peter Armstrong, Sabina ffrench Blake, Denis Brandt, Sue Corbett, Vivien Green, Christine Hall, John Halliday, Clare Lindsay, John Moat, Pamela Robertson-Pearce und Brian Patten, Anthony Rudolf, Thea Smith, Henry Summers, der verstorbene John Hartley Williams und Nicholas Wroe.

Olga Ravn

Meine Arbeit

Roman

Aus dem Dänischen von
Alexander Sitzmann und Clara Sondermann
459 Seiten, gebunden mit Schutzumschlag
ISBN: 978-3-7550-0030-3

Nach der Geburt ihres Sohns verliert die Schriftstellerin Anna ihren Platz in der Welt. Noch im Schwebezustand nach der Entbindung zieht sie mit ihrem schwedischen Freund Aksel und ihrem kleinen Sohn ins verschneite Stockholm. Viel zu bald fällt das Paar gegen seinen erklärten Willen in überkommen geglaubte Geschlechterrollen.

Anna ist völlig eingenommen von der Realität des neuen Lebens, das ihre komplette Aufmerksamkeit verlangt. Ihr bleibt nicht einmal Zeit für einen einzigen klaren Gedanken. Die Frustration zwischen ihr und Aksel wird so groß, dass ihre Beziehung daran zu zerbrechen droht.

Meine Arbeit handelt von der einzigartigen und grundlegenden Erfahrung der Geburt eines Kindes. Prosa, Gedichte, Tagebuch, Briefe – jede literarische Form dient der Erkundung der Beziehung zwischen Mutterschaft und Schreiben. *Meine Arbeit* ist auch: Ein Buch über Wochenbettdepression, Haushalt und Einkaufen. Vor allem aber ist es ein großer Roman über die Frage nach der Vereinbarkeit von künstlerischem Schaffen und Mutterschaft. Und darüber, wie man das beängstigende, offene Leben mit einem Kind lieben lernen kann.

»*Meine Arbeit* ist genau richtig, wie es ist, es fängt die überwältigende Orientierungslosigkeit der frühen Mutterschaft ein. Es sollte von jedem gelesen werden.« – *The New York Times*

Ann Quin

Passagen

Prosa

Aus dem Englischen von Elisabeth Fetscher
und mit einem Vorwort von Claire-Louise Bennett,
hrsg. von Barbara Kalender
133 Seiten, gebunden
ISBN: 978-3-7550-0008-2

Eine Frau ist auf der Suche nach ihrem verschollenen Bruder, der vielleicht gefoltert, eingesperrt oder gar getötet wurde. Sie ist in Begleitung ihres Liebhabers, der zugleich ihr männliches Spiegelbild ist. Stets auf der Suche nach sich selbst, immer in Bewegung, führen sie ihre ganz verschiedenen und doch ineinander verflochtenen Existenzen, stürzen sich auf nutzlose Hoffnungen, zögern aufzugeben, fürchten sich vor dem Ende.

Ann Quins erfindungsreiche Verwendung von Wörtern besitzt eine fast musikalische Qualität, die in Verbindung mit der außergewöhnlichen Intensität ihres Erzählstils einen Roman hervorgebracht hat, der so bestechend wie schön ist. Zwischen erzählenden Teilen und Tagebuch wechselnd ist Quins dritter Roman zugleich erotisch und doch furchteinflößend, ja gilt gar als ihr betörendstes, poetischstes und geheimnisvollstes Werk. Ihre literarische Freiheit bahnte einen Weg, dem Autor:innen wie Eimear McBride, Chris Kraus und Anna Burns noch heute folgen.

»Ein verführerischer Mix aus Samuel Beckett, Pauline Réage und absolutem Wahnsinn.« – Stewart Home

Erste Auflage Berlin 2024

Die Originalausgabe erschien in Großbritannien erstmals unter dem Titel *The Bloater* bei *The Bodley Head* im Jahr 1968. Die Neuausgabe bei Vintage Classics erschien erstmals im Jahr 2022.

März Verlag GmbH,
Göhrener Straße 7, 10437 Berlin
info@maerzverlag.de

Einbandgestaltung: Barbara Kalender, Berlin
Lektorat: Marie van Bömmel, Berlin
Korrektorat: Jan-Frederik Bandel, Leipzig
Druck und Bindung: Pustet, Regensburg
ISBN: 978-3-7550-0033-4
www.maerzverlag.de